ハヤカワ文庫 SF
〈SF2400〉

宇宙英雄ローダン・シリーズ〈685〉

ストレンジネス狂詩曲

K・H・シェール＆マリアンネ・シドウ
嶋田洋一訳

早川書房
8917

PERRY RHODAN
STRANGENESS-RHAPSODIE
AMOKLAUF DER WISSENDEN
by
K. H. Scheer
Marianne Sydow

Translated by
Yooichi Shimada

First published 2023 in Japan by
HAYAKAWA PUBLISHING, INC.
This book is published in Japan by
arrangement with
PABEL-MOEWIG VERLAG KG
through JAPAN UNI AGENCY, INC., TOKYO.

目次

ストレンジネス狂詩曲

ストレンジネス狂詩曲

K・H・シェール

登場人物

ジュリアン・ティフラー………有機的独立グループ（ＧＯＩ）代表
ラトバー・トスタン……………《ツナミ＝コルドバ》艦長。テラナー
ポージー・プース………………同乗員。スヴォーン人
ロドニナ・コスナトロワ………同。テラナー。神経プシオン学者
アアロン・シルヴァーマン……同。テラナー。技術科学者
アリ・ベン・マフル……………同。テラナー。アアロンの相棒
ロンベ・マッシモ………………同。アフロテラナー。超空間数学者
アダム・ピッテンブルク………同。テラナー。ハイパー物理学者
マン・グロ………………………カルタン人。虎の王

プロローグ

《バジス》宙航日誌〈内部造船〉セクターより抜粋。守秘分類Ⅱ以上の有資格者のみ閲覧可。分類Ⅰの情報はコードキイ・アルファを持つ上位権限者のみ閲覧可。

エンジン・武器・ATGのデータをのぞく全体概要。

「自由テラナー連盟、略称LFTの秘密特務艦隊ツナミに所属する百二十隻は、四二九年、補充を要するものと評価された。つねに二隻で行動する運用が戦術的に問題とされたためである。技術科学者RT（個人記録〝ラトバー・トスタン〟を参照のこと）の新構想にもとづき、四二九年五月に実施された研究ののち、直径五百メートルのツナミ・プロトタイプ一隻を設計。目的はATGフィールドを装備しない同規模の僚艦を、数隻の大型搭載艇で代用できることの確認である。これにより、旧ツナミ艦隊のペア編成問題を回避する。

エスタルトゥ＝ソト問題とグリゴロフ事故により、R・トスタンをプロジェクト・リーダーとするプロトタイプ着工が遅延し、プロジェクトの再開は四四五年。基本セル、改造エンジン・ユニットの建造。材料と完成品をテラの供給もとから《バジス》に輸送する手段が未確保。《バジス》の科学者による改良設計を開始。建造責任者R・トスタンが四四七年三月十日《バジス》に帰還。R・Tから多大な変更要求。既存のセル・エレメントへの追加部分の統合を承認。

戦略的視点から見た四四七年三月のプロジェクトの優先建造段階。産業ベースはLFT、納入、取付エレメントは納期による。費用負担は宇宙ハンザ（ホーマー・G・アダムス）。LFTおよび局部銀河群防衛隊、チーフはジュリアン・ティフラー。

銀河系諸種族の尊厳連合、略称GAVÖKの費用分担は即座に拒否される（LFT部外秘）。プロトタイプ〝EXPER＝I＝202〟が四四七年六月三十日竣工。ツナミ・スペシャリスト、《バジス》技術チーム、艦長R・トスタンによる工廠《こうしょう》検査を開始。追加として新型高性能シントロニクスによりコントラ・コンピュータを改造。プロジェクト全体の費用がRTの要望により四二九年の初期研究から四百五十一パーセント増加。就航までにさらに増加傾向。四四七年七月一日現在の抜粋は以上」

1

「かれがくる」アアロン・シルヴァーマンが簡潔にいった。「きみが自分の手技をほんとうに理解しているなら、気にせず進めるべきだ。だが、心の奥にすこしでも疑念があるなら」そういって、ひとさし指で自分の胸を軽くつつく。「その場合はたぶん……」

「……口を閉じているべき。あなたがすべきことよ。だれがくるって?」

シルヴァーマンは伸びをして、もたれていた壁からからだをはなした。驚いたように、中背で小太りの神経プシオン学者の女医を見る。

ロドニナ・コスナトロワの視線がちらりと動いた。画面に表示された医療ダイヤグラムに注意を引かれたらしい。

シルヴァーマンはわかりやすい情報を提供することにした。

「だれがくるかだって! もちろん、われわれが古いテラの称号で〝スキッパー〟と呼んでいる、あの男だ」

　ロドニナは首をかしげた。白髪交じりの髪が無数の監視画面の光を反射する。

「ラトバー・トスタン？」と、自信なさそうにたずねる。

　シルヴァーマンは邪悪な笑みを浮かべた。神経プシオン性ストレンジネスを研究分野にしている指導的な科学者がなにに心を動かされるか、予想していたから。

「かれは深層睡眠中よ！」ロドニナが腹立たしげにいう。「わたしを騙《だま》して楽しい？」
伝令船《コルドバ》のもと技術科学者シルヴァーマンは両腕をひろげて許しを請い、それ以上はなにもいわれなかった。一画面が明るくなり、同じ部門の同僚で友でもあるアリ・ベン・マフルの黒い巻毛の頭が目に入った。

「スキッパーがくる」と、スピーカーから声が聞こえる。「わたしは地上ハッチで当直中で、荷おろし駐機場のエネルギー流出を制御している」

「そんなことどうでもいいわ！」と、ロドニナ。「あなたたち、共謀してるんでしょう？」

「どうして共謀など？　かれは人類の最新宇宙船に、いつものように猜疑《さいぎ》の目を向けているだけだ。まったく、さらに痩《や》せ細っている！　これはスキッパーのことだ。きみたちが力ずくで、医療用強制睡眠に入らせたんじゃなかったのか？」
二百五十メートル上空の司令室にいるシルヴァーマンがひかえめに笑いだした。ロドニナが船外コミュニケーション画面の前に急ぐ。

「わたしがきみなら、もっと慎重になるだろう」と、シルヴァーマン。「ラトバー・トスタンのような男を本人の意志に反して赤ん坊あつかいできると、本気で思っていたのか？」

「かれには深層睡眠が必要だった」ロドニナは船外通話スイッチを押すのをためらった。やや不安そうな顔で若いテラナーを見る。

シルヴァーマンは肩をすくめ、ロドニナは緊張した面持ちで画面を見つめた。

骸骨じみたからだはトスタンにまちがいない。開いたままのちいさな人員用エアロックのハッチによりかかるようにして、両脚を開いて立っている。かれの右側には反重力貨物プラットフォームが浮かんでいた。

「スキッパーは足もとがふらついている」ベン・マフルの声が聞こえた。「なにをしたんだ？」

「なにもしてないわ」女医が憤然という。「かれは過酷な試験飛行を五回もくりかえしたの。《バジス》がグリゴロフ遠距離航行を休止するたびに、新しいツナミ艦のテストをしたのよ」

「われわれもその場にいた」

「でも、なにもできなかった。何度いえばいいのかしら。異宇宙に入るとストレンジネス・ショックに襲われて、肉体的・精神的に確実に消耗することになる。トスタンはあの大型艦をひとりで操縦するしかなくなるわけ。それができると証明したわけだけど。とにかく、いまのかれには休息が必要なの」

「本人が望むならな」シルヴァーマンが考えこみながらいう。「脳を改造した生きている死者を通常の治療でおさえることなどできない。ロドニナ、きみはかれに声をかけるべきじゃなかった！」

神経プシオン学者は手首をつかまれるのを感じた。シルヴァーマンが握りしめている。

女医がうめき声をあげ、かれは力をゆるめた。

「とにかくいまの朦朧《もうろう》とした状態をなんとかする方法を考えたほうがいい。もちろん、深層睡眠以外で」

ロドニナはあらためて画面に目を向けた。銀河ギャンブラーのラトバー・トスタンはまだハッチの扉によりかかっている。奥まった目がまるで燃えているようだった。

彼女はこのやつれきった男がだれからも好かれていないのだと思った。同時にこのもとUSOスペシャリストの口癖を思い出す。

「つねに善意に満ちている相手は致命的に危険だ。行動が計算できないから」

いら立ちをおさえ、銀河系最悪の麻薬中毒を克服して骸骨のような姿になったギャンブラーをじっと見つめる。トスタンがどうやって苦しみを乗りこえたのかと、あらためて不思議に感じた。

通常の光学映像を拡大表示させる。トスタンの頭蓋が画面いっぱいにひろがった。羊皮紙のような皮膚はいつも以上に黄色っぽく、乾ききった上唇は上顎の入れ歯をほとんどかくせていない。意図的に唇を閉じないとかくしきれないのだ。

「きみたちが肝臓を傷つけていないといいんだが」シルヴァーマンが目をまるくしてつぶやく。

ロドニナはその言葉を一蹴《いっしゅう》した。

「かれをこれ以上傷つけられるものなんて、なにもないわ。どこもかしこもぼろぼろで、どうしてまだ生きて活動できるのか、訊いてみたいくらい」

「活動できてるのはたしかだな」

彼女は皮肉っぽくテラナーを見つめた。

「《コルドバ》で惑星ホットブレスに着陸したとき、たっぷり経験したことがあったはず。かれはあなたたちをなんてよんでたかしら？」

「〝模範例〟だよ」シルヴァーマンはにやりとした。「わたしとアリ・ベン・マフルでね。時空のゆがみに巻きこまれたあの旅から帰還したあと、かれはわれわれに、新造艦に乗らないかと声をかけてきた。だからよろこんで乗ることにしたのさ」

「そしていま、ここにいる」ロドニナは大きくため息をついた。「契約書への署名はないかわり、守るべき秘密は山ほどある。自由を愛するテラナーであるあなたたちはそれでいいの？」

シルヴァーマンは自分の爪に目を落とした。清潔とはいえない状態だ。作業で慌ただしかったので無理もない。

「たぶん船が気にいっているんだな。目の前の任務、危険、ツナミ艦技術者の特殊訓練、それにともなうメンタル安定化処置などなど」

ロドニナは船内コンビネーションの上にいつも着用している作業着の大きな外ポケットに両手を突っこんだ。

「それは二次的な理由よ。あなたは骨男に呪縛されてる。わたしもね……そうでなければ、こんな狂気の冒険にくわわろうなんて思わなかったはず。トスタンはなにも要求していないような顔をして、すべてを要求するタイプね。ギャンブラーはみんなそうなのか、それともかれだけ？」

「かれだけだろうな」と、シルヴァーマン。「わたしはかれの物語に惹かれている。まだダブリファ帝国の皇帝がいたような時代から、銀河系を縦横に飛びまわっていたんだ。酔っぱらったかれがゲームのテーブルに着き、ＵＳＯの新造コルヴェットを巻きあげられたことを思うたび、大笑いしたくなる」

「やめてよ」ロドニナが叫んだ。「あれはひどい悪ふざけで、かれもそれを知ってたはず！　そうでなければ、どうしてその直後にすべてを危険にさらしてまで、アトランとペリー・ローダンと銀河系全体の苦境を救おうとしたと思うわけ？　惑星レプソでのトスタンの活躍がなかったら、太陽系が未来に退避することはできなかった。恐ろしい殲《せん》滅《めつ》戦になっていたはずよ。かれはどこ？」

シルヴァーマンは画面を指さした。トスタンは前と同じまま立っていたが、もうハッチの扉によりかかってはいなかった。

＊

ギャンブラーは艦内通信が可能な作業用ヘルメットをかぶっていた。《バジス》がXドア・ポジションに接近していく。そのポジションは機密指定されていた。局部銀河群に未知の物質塊が出現し、エスタルトゥの力の集合体の十二銀河にカタストロフィが生じて以来、多くのことが機密にされるようになっている。

それはある程度トスタンのメンタリティにも合致していた。〝銀河系のならず者〟すべての鼻先に気軽に重要事項をさし出すのは、ばかげたことだと思っているから。

《バジス》と有機的独立グループ、略称GOIの保安部チーフであるガルブレイス・デイトンはトスタンの態度を好都合と考えた。

局部銀河群の防衛責任者であるジュリアン・ティフラーには、このセキュリティの強化は過剰なものに思えた。

だがラトバー・トスタンは、テラナーのために新造艦の管制を最優先すべきだと主張した。

ティフには理解不能だったが、トスタンは今後生じる危険な任務に志願する男女の選抜も進めていた。

テラナーから分かれた種族にもさまざまな任務を経験してきたツナミ・スペシャリストがいるにもかかわらず、選抜されるのはテラナーだけだ。

そのときのティフラーにはまだ、ギャンブラーを駆り立てる原動力がわからなかった。

完成した宇宙船の湾曲した船体を見あげながらも、トスタンには考えるべきことがたくさんあった。

四四七年六月二十七日。宇宙船は二十四時間前に正式に進宙した。トスタンのわがままなアイデアがここに〝花開いた〟と、ティフラーが皮肉たっぷりにいったもの。

このやつれたテラナーに関しては、ほかの者たちにとっての常識がいっさい通用しないのだ。技術装備の貧弱な伝令船《コルドバ》で《バジス》に到着したトスタンは、かれにとってすばらしい前兆だといっただけだった。

新造艦にはアンティテンポラル干満フィールド・プロジェクターが搭載されていたので、ツナミ艦隊が歴史的に踏襲してきた命名規則によれば、偶数番号が付されるはずだった……最後に建造されたのが《ツナミ１２０》なので、《ツナミ１２２》となるはず。

ラトバー・トスタンは次のようにいって、これを退けた。

「古い陋習《ろうしゅう》は断ち切る。あらたな設計は旧来のツナミ艦とは一線を画すもので、魂のない番号で呼ぶのは適切ではない。時代に合った考え方をするのだ、友たち！　この特殊宇宙艦は《ツナミ＝コルドバ》と呼称する。それだけじゃない、同名の伝令船の外殻にこびりついた幸運もいっしょに新造艦に移設する。ティフ、わが親友、笑っているな。わたしの話のなにが気にいらない？」

《バジス》においてプロジェクト名〝ＥＸＰＥＲ＝Ｉ＝２０２〟として建造されていた球型艦は、こうして《ツナミ＝コルドバ》として進宙した。歴史的に早い時期からこのテラナーのことを不思議に思っていなかった者たちも、ようやく不思議に思いはじめたもの。

ラトバー・トスタンはちいさく笑い声をあげた。実際にはこの機会に、損傷した声帯の機能テストもしてみようということだ。笑い声は聞く者の神経を逆撫でするようなしわがれ声だった。

「ちいさな友、きみはどこから見ても怪物だな」自分に向かってそういい、軽く胸をたたく。言葉の意味はもちろんわかっていた。軟骨だけの耳が聞こえるか聞こえないかのかすれ声をとらえる。

「呼びましたか、大きな友？」作業用ヘルメットのスピーカーからちいさな声が聞こえた。「もちろん、呼んだに決まっています」さえずるような声がつづく。「大急ぎで、すぐに駆けつけます」

トスタンは旧暦三四二九年の自由交易惑星レプソでは日常だった悪罵《あくば》を口にした。呼んでない、といおうとしたが、その前に通信は切れていた。

ふと気がつくと、外部マイクロフォンのスイッチが入っていない。それでも相手は聞きつけたのだ。

「信じられない！」と、思わずつぶやく。

かれはいっそう注意深く周囲を見まわした。頭上左右に映像転送機能を統合した反重力マイクロフォンが浮かんでいる。つねに監視されていたようだ。

ふたたび笑い声をあげる。こんどは多少ましだった。さらに何度か咳ばらいをしてから、ヘルメット・テレカムのスイッチを入れた。

小型画面がポップアップし、視界に滑りこんでくる。

「こちらトスタン。地上ハッチはだれが監視している？　いうまでもなく、《ツナミ＝コルドバ》の地上ハッチのことだ」

「考えていませんでした」と、快活な声が答える。同時に画面上に鋭く削《そ》いだような顔があらわれた。カールした髪と細い鼻筋が特徴的な、アリ・ベン・マフルだ。

「わかった！　ロドニナはどこだ？」

「医療センターで管理中です」すぐに本人から返事があった。

「百五十名の英雄はよく眠っているか？」

「深層睡眠でぐっすりと。あなたもそのはずだったんですけどね。銀河系のすべてにかけて、どうして心理的に抵抗したんですか？」

奇矯《ききょう》なテラナーはあらためて球型宇宙艦を見あげた。五百メートルの高さにある上極部の湾曲は照明を反射して、光のヴェールにつつまれているはず。トスタンはそのようすを想像することしかできなかった。いまいる位置と格納庫の狭さのせいで、船体の一部しか見えないから。赤道環のふくらみが上部を目かくししてしまっている。

昔のテラ製の艦船は赤道環に推進エンジンを搭載していた。新型ツナミ艦はそこにメタグラヴ・エンジンのプロジェクターと、無数の付属装置類を収納している。

「トスタン、聞こえてますか？」ロドニナが不安そうに確認した。

「もちろん！　ただ、心理的に抵抗したわけではない。わたしの鼻面《はなづら》をつかんで引きずりまわそうとする者に対する、いつもどおりの対応をしただけだ。艦内クリニックの神経プシオン部門を混乱させたのだとしたら、申しわけなかった。許してもらえるかな？」

ロドニナはいいかえそうとしたが、その声は急に巻き起こった騒音に掻き消されてしまった。《バジス》内のあちこちの通信機から、いっせいに声があがったのだ。笑う者、文句をいう者、避難する者などさまざまだった。

トスタンは意に介さず、《ツナミ＝コルドバ》に向かって手を振ると、よろめく脚で動きだした。

騒音がいきなり途絶えた。司令室のだれかがスイッチを切ったようだ。神経プシオン学者の声がふたたび聞こえるようになった。

「混乱ですって？」ロドニナが叫んだ。「あなたがその言葉をどんなふうに理解してるのか、わたしにも見当がつきます。わたしの同僚たちになにをしたんです？」

「麻痺させて、かれらが手にしていた高圧注射器で深層睡眠に就かせたのだ」またべつの声が聞こえた。画面上にティフラーの顔があらわれる。かれは憤慨していた。「ロドニナ、きみの同僚たちはその男の武器を預かるのを忘れていた。麻酔部門の固定ロボットがいくらするのか、かれにたずねてみるといい。ロボットは瓦礫《がれき》の山になっていた。トスタン、ちょっと振り向いて、浮遊カメラのほうを見ろ。せめてきみの特徴的な顔を見てみたい」

ギャンブラーは一顧だにせず、さらに足を速めようとした。だがうまくいかず、結局足をとめて、繋留《けいりゅう》プロジェクターにもたれかかった。

「どうした？」ティフラーが心配そうにたずねる。「トスタン、どうかしたのか？ きみには好きなようにやらせていたが、もう充分だろう。ぐあいが悪いのか？」

「まあまあってとこです」と、ギャンブラー。「医療ロボットになにかの気体を吹きつけられたみたいな感覚ですね。あれはなんだったんだ、ロドニナ？」

「たんなる予備鎮静剤です。大量に吸いこんだんですか？」

「まさか！　ま、いい。二、三時間休息する。ただし艦内クリニックには運ばないでもらいたい。ティフ、わたしをスタートの四十八時間前に動けなくするなんて、正気の沙汰じゃありませんよ。どれだけの作業があると思ってるんです。聞いてますか？」

「はっきり聞こえている。わかった、きみのことはロドニナにまかせる。ベン・マフル、艦長を乗艦させろ。また連絡する」

トスタンは目眩《めまい》を感じた。床にすわりこみ、装置に背中を預け、ぼんやりした感覚が許すかぎり周囲を見わたす。

作業用ハッチから細長いからだが飛翔してきた。環境適応スヴォーン人のポージー・プースだ。装備服の飛翔装置を使っている。かれはその黄土色の衣服を〝名匠の逸品〟と呼んでいた。

短く筋肉質の両脚を前方にのばし、テラナーの近くに着地。身長四十センチメートルほどのキュウリに似たからだを前傾させ、四本の腕を振りまわしてバランスをとりながら、聞き逃しようのない大声とともに、最後の数メートルをトスタンに向かって疾走する。

「またか」トスタンは朦朧としたままつぶやいた。「旧式ポジトロニクスを、もっと古いロボットでテストするんじゃなかったのか？」

ポージーはトスタンの太腿《ふともも》に飛びつき、よろめきながらよじ登って、艦内コンビネーションの胸ポケットにおさまった。

「ほんとうに大急ぎできたんですよ、大きな友。呼びかけに気がつかなかったんですか？　まったくもって何度も呼びかけたのに」

「神経を逆撫でするな、キュウ公！　それでなくても消耗しているんだ」

「でも、まったくもって手助けがしたいんです」

「アリとシルヴァーマンがキャビンに連れていってくれる。それで充分だ。自分の艦に乗りこみたいだけだから。きみになにができる？」

視野がかすんできた。それでもまだ、ポージーの愛らしい顔がキュウリに似た細長いからだの上端に、イエローグリーンの影になって見えている。

ちびは自制して無言を貫いた。トスタンがいきなり眠りこむ。こんな状態で、よく艦内クリニックから格納庫までたどり着けたものだ。

球型宇宙艦の下に人間ふたりと一ロボットがあらわれた。ロボットは人間に似た二足歩行をしている。これもまた、きわめて現代的な装備の《バジス》のなかでトスタンが追求する時代錯誤のひとつだった。この旧式ロボットも、この種のマシンの構造にくわしいもとUSOスペシャリストにとっては好都合なのだ。

シルヴァーマンがぐったりした艦長の上に身をかがめた。

かれもベン・マフルも状況はよくわかっている。

医療マシンがテラナーを二本の長い搬送アームでつかんだ。シルヴァーマンは経験上、トスタンが見た目からは考えられないほど重いことを承知していた。

ベン・マフルが不安そうに周囲を見まわす。トスタンをふたたび《バジス》の医師に奪われるわけにはいかなかった。かれらは何週間ものあいだ、なんとかしてグリゴロフ事故の後遺症の原因を突きとめようと、むだな検査をつづけていたのだ。

さいわい、ティフラーはもう銀河ギャンブラーを艦内クリニックに連れもどそうとはしなかった。

こうしてトスタンは《ツナミ＝コルドバ》に運びこまれた。

2

《バジス》船内時刻　四四七年七月二十九日十五時二分

現代の人類が建造した最大の宇宙船は長い航行の末に目標ポジションXドアに到着した。のこりの航程はそこで放棄し、すべてを計算した結果、もっとも有利と思えるポジションを定位置とした。

ハンガイ・ストレンジネスの障害ゾーンが生じたのはそこからわずか八十光年のところだ。光学的にも、通常の探知技術でも見通せないこのフィクティヴラインの彼方で、人類には仮説としてしか把握できないなにかが起きようとしていることは、《バジス》の乗員のだれもが理解していた。

意味のある測定が可能なのはハイパー探知機だけだ。その結果わかったのは、巨大な物質塊が二度にわたり、この局部銀河群のペルセウス・セクションに実際に到着していたことだった。

その後、あらゆる基礎データの評価、ニッキ・フリッケルの体験、そのほか数百件の傍証から、徐々に全貌が明らかになった。

ラトバー・トスタンの記憶が完全に回復し、その価値ある知識が確実なものとなって、《バジス》チームの最高の科学者たちもその知見を認めざるをえなくなった。

いずれにせよ、《バジス》から星々の光が見えないことははっきりしている。

はるか遠くにある局部銀河群の銀河は光の塊として認識できる。

銀河系は待機ポジションXドアから二百十三万光年の位置にあり、いちばん近い銀河はNGC598、三角座銀河だ。《バジス》からの距離は八十八万光年になる。

巨大宇宙母船からは肉眼でも、光速が限界の探知機でも、島宇宙のあいだの虚無空間しか見えない。

だが、ハイパー探知機を使えばべつだ。船首セグメントの前方わずか八十光年から、明らかに異質な、ストレンジネス変異した固有時間の空間域がはじまっている。そのなかには無数の恒星をふくむ巨大な物質塊が詰まっているが、その光の波はまだ《バジス》まで到達していない。

そこからさらに、ストレンジネス・ラインは物質塊の境界ゾーンと一致するのかという疑問が生じる。ハイパー物理学者たちはそう推測していたが、ラトバー・トスタンはそれをはっきりと否定した。〝境界は境界ではない〟という下意識の情報を思い出したから。

かれによると、ハイパー指向ストレンジネス波動は、周波数帯に関係なく、物質成分や光速でひろがる放射よりもずっと遠くまで虚無空間内を突き進むという。

その主張は専門家にも受け入れられたが、その拡大ゾーンをどこまでと見るかで論争が起き、結局八千光年から一万光年の範囲というところにおちついた。

こうした疑問にくわえて、ストレンジネス定数の問題がある。これまでに重度の転移ショックを二度も受けているのはラトバー・トスタンとポージー・プースだけだ。最初は《ツナミ３２》のグリゴロフ事故のとき、二度めは〝丸太〟が通常宇宙に転移したとき。

四三〇年の事故のあと、トスタンが意識をとりもどして行動可能になるまで、どれだけの時間が経過したのかはわからない。

〝丸太〟で覚醒したあと、すくなくとも九カ月は活動不能だったことが消費量測定で明らかになっている。

その後、三度めにストレンジネス放射を受けたあとはすぐに意識をとりもどした。

〝丸太〟から脱出するさい、かれは放射が弱まった領域をごく短時間で通過している。すぐに活動が可能になったのはそれが原因だろうか？　放射が弱いほどショック症状も和らぐのか？

ラトバー・トスタンはこの仮説を否定している。かれの考えでは、標準的な知性は通常の時間のゆがみで仮借なく遮断される……数カ月も！

こうして〝ストレンジネス耐性〟という概念が生まれた。以前から検討されてはいたのだが、トスタンが強く断言したため、それを口実に基本要素に格あげされたのだ。最近《バジス》でいわれている理論によると、通常のギャラクティカーはストレンジネス転移をくりかえして苦痛を多く体験するほど、強い耐性を得ることができるとされている。

この仮説は《コルドバ》乗員たちによって補強された。かれらは時空のゆがみに巻きこまれ、そこから無傷で生還したと考えられるのだ！

《バジス》での事後調査から、ゆがみの原因となった構造変化は間接的なストレンジネス転移とみなせることが判明した。

かれらの朦朧としたようすは、航行中はさほど目立たなかった。トスタンとポージーの旧式の小型装置による記録をポジトロニクスが分析して、はじめて事実が明らかになったもの。

トスタンは思案げにうなずくだけだった。ただ、自分が行動できなくなったわけではないと、はっきりわかっている。順応して耐性が強くなっていたのだ。

データはトスタンが四四七年三月に《バジス》に乗船したあと、基本コードとしてシントロニクス計算機に記録された。そのあと船内へのツナミ艦収容を考慮したトスタンからの変更の要望に沿って、完成段階を優先するかたちで計画されている。

科学者チームとの頻繁な協議をへて、かれの計画は実現に向けて動きだした。

任務に適した宇宙船にふさわしい人員が乗りこみ、昔から知られていながら探索されたことのない、謎めいた宙域に突入するのだ。

とはいえ、〝任務に適した宇宙船〟をどうやって建造すればいい？　〝ふさわしい人員〟をどこで見つければいい？

ストレンジネス・ショックの最悪の影響を受けることがない者を探すなら、適任なのは二名の知性体だけだ。トスタンとポージー・プース。くわえて伝令船《コルドバ》の乗員の問題もある。新造艦の乗員の条件として、まずツナミ艦の乗艦資格を満たしていなくてはならない。そのためには専門家として最高の知識をそなえ、個々に異なる生来の才能を持ち、メンタル安定化処置に耐え、それらを使いこなす必要がある。

精神的にも肉体的にもこの条件に見合う伝令船《コルドバ》の乗員は三人しかいなかった。ロドニナ・コスナトロワ、アアロン・シルヴァーマン、アリ・ベン・マフルだ。かれらはすでにストレンジネス転移を経験していて、その経験がない者にくらべ、今後の任務を軽いショックで切り抜けられる可能性が大きい。

この点はトスタンの計画にとって有利だが、かれの役にたつかというと、それには遠くおよばなかった。絶対的な論理主義者であるかれは、つねに論理的根拠のある決定をもとめる。それを満たすのはスタート当日である四四七年六月二十九日になってもまだむずかしかった。

　ただ、基本的に、任務の成否はコンピュータが正しくプログラミングされているかどうかにかかってくる。耐性理論がまちがっていたら地獄行き……ラトバー・トスタンはそう思った！

*

「スキッパー、最終段階試験コマンドの最後のひとりが上陸しました」テレカムから声が響いた。

　トスタンは左腕を曲げ、送信スイッチを入れた。小型画面にシルヴァーマンの顔が表示される。

「かれらの仕事ぶりは正確か？　やっつけ仕事をしてないだろうな？」

「調べてみましたが、そんなようすはありませんでした。水圧ポンプをもう一台要求して、もうとどきました」

　トスタンは考えながらうなずいた。シルヴァーマンは過去の技術にたちまち順応した。《ツナミ３２》での経験から、シントロニクス計算機がどれほど故障に弱いか痛感したのだろう。最新のロボットもシントロニクスで動いているので、トスタンは旧型ロボットだけを搬入し、徹底的にオーヴァホールさせて技術者を鍛えあげた。ロボット・マシンはすべて、据え置き型も移動型もふくめ、旧式のポジトロニクスで制御されている。強力なシントロニクスが配備される以前、シガ製の装置は奇蹟のような性能を賞讃されていたもの。

「歴史の流れのなかですべてがそうだったように」トスタンがちいさくひとりごちる。

「どういう意味です?」と、シルヴァーマン。

「気にするな。声に出して考えごとをしていただけだ。わたしの声はどう聞こえる? 問題なく理解できるか? 睡眠で声帯が乾燥していたのだが」

「だいじょうぶです、スキッパー。かなりしわがれたがら声ですが、ちゃんと聞きとれます。いまは休憩室ですか?」

　銀河ギャンブラーはあたりを見まわした。目の前のウォータークッションの上では若いテラナーの女性が休んでいる。クッションは彼女のからだにぴったりと密着していた。

「ぐっすり眠りこんでいるな」と、トスタン。「妙な気分だ。これが良心の呵責《かしゃく》というやつなのかな。アアロン、部下を説得して部隊に参加させたとき、わたしのやり口はこすっからい詐欺師みたいだったと思うか?」

「〝こすっからい〟ってなんですか? 例によってなにかの歴史的な用法でしょうか?」

「そうとも、石頭め！　奸臣という言葉もあるが、きみはそうなのか？」

アアロンは咳ばらいした。視線がさらに鋭くなる。

「スキッパー、おかしな考えに惑わされないでください。わたしの横にはポージーがいて、あなたが精神的に安定するまでスタートを延期すべきだといっています」

「ばかな！　スタートは予定どおりだ。深層睡眠中の部下の姿を見たせいだろう。かれらがどれほど無防備かわかるか？」

「かれらはわれわれよりもうまく転移ショックを乗りこえるでしょう。そのために自発的に志願したんです。なにが起きるのか、全員が理解しています」

トスタンは吹き出した。

「その種の〝志願〟の自発性については、六百年前から懐疑的だった。USOスペシャリストたちは自発的にスタートし、死に向かって突っこんでいったもの。いまにして思えば、かれらが最期の瞬間にどれほど後悔していたかがわかる。今回の百五十名のテラナーやテラナーの末裔《まつえい》も、自分たちがなにをしているのかわかっていない。われわれはまだ、自力で身を守れるかもしれない。だが、かれらは身動きひとつできない」

「苦痛を感じずに二度の転移ショックを経験させるという目的があるんです。それで耐性がつけば、次の任務では起きたまま行動できます」

「直径五百メートルの大型ツナミ艦には必要不可欠なものだからな。きみたちが〝《コルドバ》の三勇士〟になることは期待しているが、なれなかった場合、向こう見ずな百五十名と同じく、役にたたなくなる。くそ、アアロン、どうしていっしょにこようと思ったんだ？」

「たまに石頭と呼ばれるのも悪くないものです」と、若いテラナー。「スキッパー、司令室にきてください」

トスタンはアームバンドのスイッチを切り、自分と同じ地球生まれの者たちにあらためて目を向けた。かれらは三十名ずつ、特別に用意された大型キャビンの寝台に寝かされている。それゆえ、監視のためのキャビンは五つですみ、なんらかの救護処置が必要になった場合も柔軟に対処できるようになっていた。生命維持システムのポジトロニクス制御もコンパクト化されている。

艦船設計者であり、超大質量高推力エンジンの専門家であるトスタンは、どんな妥協も許さなかった。《ツナミ３２》のグリゴロフ事故からわずか一年半後の四二九年五月には、かれのプロジェクト研究が新造ツナミ艦の設計に革命を起こしていた。ツナミ艦のペア運用をきびしく否定し、かわりに高性能の大型搭載艇の採用を主張したのだ。

エンジンを赤道環に配置するのはテラの実績ある技術を改良したものだった。かれにはメタグラヴ・プロジェクターを赤道環に配置しない理由がわからなかった。そこならセルの容積を圧迫しないというのに。

ＥＸＰＥＲ＝Ｉ＝２０２タイプの新造艦を《ツナミ＝コルドバ》のようなかたちにした理由はほかにもたくさんあった。実際の運用条件にもとづいたテストの内容は、まだ乗員に知らされていない。まずは弱点を洗い出し、対処する必要がある。五百メートル級の大型艦を量産する前に究明すべきことは、まだたくさんあった。

トスタンはそんなことを考えながら休息室を出て、圧力ハッチの気密をチェックし、緊急時には生命機能を低下させるよう監視ポジトロニクスに指示した。

実際のところ、深層睡眠中の百五十名はまだましだった。目ざめたままの者たちは、矛盾する体験談や推測や算出されたデータだけをもとに、状況を話し合わなくてはならないのだから。

五室の休息キャビンはAデッキに位置していて、司令室からいつでも歩いていける。医療監視ステーションがあるのも同じデッキだ。

トスタンは明るく照明された通廊を歩いていった。艦のセルの中心にある装甲された鋼球のまわりを一周する。その球体のなかの球体からすべてを操作し……観察することができる。

マシン操作スタンドなどの副制御室は存在しない。おかげで乗員数を削減することができた。これが可能になったのは操縦プログラミングが完成したためだ。とりわけＬＰＶ……論理プログラミング編成……が圧倒的な役割をはたした。

論理回路は考えられるあらゆる機動、補給手段、武器配備において、円滑な運用のために特定のプロセスを要する補助装置を作動させる。

DNAコードを操作した母親から受け継いだトスタンの有機計算記憶脳はふたたび満足な働きを見せていた。〝丸太〟で目ざめた直後は、多重テラビット記憶中枢領域にある活性化された脳の一部に空白が生じていた。

やがて記憶されていたデータは問題なく流れこみはじめたが、グリゴロフ事故後の体験だけは依然として奇妙なショック性記憶喪失の闇のなかだった。

「いまは待機だ」と、自分自身に向かってつぶやく。

「了解、サー！」わずかに変調した声が答えた。金属と金属が触れ合うような声だ。トスタンは驚いて、極軸反重力リフトに通じるAデッキの入口を警護する戦闘ロボットのほうを向いた。二本の武器アームは待機状態になっている。テラナーは居心地の悪さを感じただけだった。

「その呼び方はやめろ。〝サー〟と呼ばれたくはないし、きみは……」

途中で言葉がとまった。無毛の頭に手をやり、発言を訂正することにする。《ツナミ＝コルドバ》ではなにが必要になるかわからない。歴史的な設計の、混乱した戦闘ロボットもふくめて。

「コマンド帰還、異状なし。艦長の身分を確認」

「確認しました、サー！」

トスタンは巨体の前を通り過ぎた。ロボットは二足歩行で、それはローリン事件以前に廃《すた》れていた方式だった。だが、トスタンは古いモデルにこだわっている。カタストロフィが生じたさい、エネルギー性の移動反撥フィールドは、古いタイプのロボットほどにはあてにできない。

とはいえ、本来の制御ポジトロニクスは最新世代のシガ製装置に換装されていた。トスタンがマシンの現代化に譲歩するのはそこまでだ。天才的だが故障しやすい装置よりも、原始的だが確実に動作するもののほうがいいと考えているから。

「単細胞生物は喉の痛みに悩んだりしませんからね」深く朗々とした声が艦内スピーカーから響いた。

トスタンがおもしろそうに笑う。入れ歯の恐ろしげな全貌がほぼあらわになった。

いわゆる〝アクティヴ乗員〟で、ハイパーディム物理学者にして超空間数学者のロンベ・マッシモはトスタンの反応を観察し、適切な結論を導き出していた。

「まったくそのとおり！　なぜロボットが武器をかかげ、〝サー〟と呼びかけるのか、理由がわかるか？　シントロニクス時代以前の最後のポジトロニクスには、そんなプログラミングはされていなかった」

「あなたに拒絶されたツナミ艦隊上層部のメンバーのなかにいる、非人類系のだれかのしわざでしょう。あなたに過去のUSO時代を思い出させたかったのかもしれません」

トスタンは昔でさえもうあまり使われなくなっていた悪態をつき、《ツナミ＝コルドバ》の司令室に入った。

アフロテラナーのロンベ・マッシモが成型シートに寝そべったまま無気力に顔をあげ、新任艦長に目を向け、垂れた頰を膨《ふく》らませた。

「ここは暑すぎます。必要なことなんですか？」

「非常時の温度低下にそなえている」と、トスタン。「ストレンジネス・ショックで急に冷えるからな。きみのいう単細胞生物のほうが活発に動けるだろう。ポージー、どこにいる？」

「ここです！」スヴォーン人専用の成型シートの向こうに四つの手が見えた。

「大きすぎます！」キュウリ形生命体が叫んだ。「まったくもって恐ろしい力がわたしを巻きこもうとしていませんか？　ハーネスはわたしを絞め殺す勢いで絞まりつづけ、ほかにもたくさん……」

「……のことを、そのままにしておいたほうがいいぞ」トスタンがちびの言葉を引きとっていった。「わが収益源である惑星レプソのカジノ神マンモンにかけて……とっくに終わっている議論の解釈を、スタート直前になって蒸しかえそうというのか？」

アダム・ピッテンブルクのしわだらけの顔が画面上にあらわれた。かれもまたアクティヴ乗員のハイパー物理学者で、超高周波数ハイパー放射の専門家だ。議論好きで恐れられているかれはトスタンの言葉に食いついた。

「解釈ですと？」と、ピッテンブルク。「やめておいたほうがいいでしょう。いや、もう議論はたくさんです。ただ、ひとつだけ忠告を聞いていただきたい」

トスタンがため息をつく。ピッテンブルクは笑った。豊かな唇が半月をかたちづくる。

「ほっとしたようですな。マッシモとわたしでがまんすることです。問題はほかの多くのツナミ・スペシャリストに、なぜテラナーだけを乗艦させるのか、説明することでしょう。ひどい反感を買っていますから」

「なんだって？」トスタンは驚倒した。「情報に感謝する！　ポージー、ティフラーに連絡しろ。全体アナウンスを実施したい」

スヴォーン人が専用シートから抜け出そうともがくのを、トスタンはおちついて眺めていた。

「まったくもってわたしのことを笑ってるように見えるんですが」と、ポージー。「このシート、大きすぎませんか？」

「専用のエアクッションだ。いずれしっぽの先までぴったりフィットするようになる」

「わたしにしっぽはありません。しょっちゅう侮辱せずにはいられないんですか？」

「映像通話だ、ちび」

ポージー・プースはいつ見ても驚かされるすばやさで回線を接続した。繊細な指が電光のようにすばやくキイをたたいていく。

《バジス》の司令室にいるティフラーが応答した。トスタンの用件はわかっているようだった。

「話を聞いたんだな？　では、全員にどういうことなのか説明してもらいたい。ツナミ艦の乗艦資格を持つほどの者たちがどうして自力で正しい結論に到達できないのか、理解に苦しむ。全体アナウンス・システムに接続して、きみのことは告知した。以上」

すぐにトスタンの死人のような顔が数千の船内モニターに表示された。

「われわれ、ある現象のなかに《ツナミ＝コルドバ》で突入する」前置き抜きで、しわがれた声で精いっぱい説得力が出るよう気をつけながら話しはじめる。「帰還できさえすれば、各分野の医師と物理学者が有用な知識をもとめて殺到するだろう。人類の一種族だけを対象とするのはそのためだ。二十から三十もある人類種族すべてを対象にした場合、種族ごとに異なる症候群があらわれるのは確実だ。わたし自身がテラの出身であり、何カ月ものあいだあらゆる種類の検査と称する拷問を受けた結果、わたしの種族がいちばんうまく適応できると考えるにいたった。ポージー・プースが同行するのは、かれも三度にわたりストレンジネス・ショックを受けているからだ。そうでなければ同行させなかったろう。わたしの動機を考慮し、友よ、ギャラクティカー全体の利益を考えてもらいたい」

かれは片手を振り、最初と同じく挨拶抜きで話を終えた。

「手きびしいですな」と、アフロテラナー。

「論理とはしばしば不愉快なものだ。感情と対立することも多い。悪魔にかけて、ほかにやることがある。もう内部統制はだいじょうぶだろう」

3

「グラヴィトラフ充塡は艦内時間で二分後に終息します」アアロン・シルヴァーマンが報告した。「デジタル遮断機は九十パーセントをしめしています」

じっと見つめていたラトバー・トスタンは、その報告がなくてもいいものだと感じた。見ればだれにでもわかることだ。白っぽいブルーに燃えあがる巨大な漏斗《ろうと》となったハイパートロップ吸引ビームは上位連続体から莫大なエネルギーを吸収し、《ツナミ＝コルドバ》のふたつのグラヴィトラフ貯蔵庫に送りこみつづけている。

そこで起きていることは、その性質を熟考しなくても理解できた。流れこんだハイパーエネルギーは周波数変換され、ハイパースペクトルの適度な短波長領域の単色ハイパーバリーになる。

単色ハイパーバリーは低周波数のハイパーエネルギーからつくられた共振装置に送られ、そこで定常波にまとめられる。この定常波の腹の振幅は位置と時間について一定であるため、そこにふくまれるエネルギーはほとんど減衰しない。

標的を定めてエネルギーを引き出すには共振装置の内壁を変調させ、適正量のハイパーバリーを漏出させる。引き出された量子はミニ・ブラックホールを形成する。事象の地平線の内側の不安定な領域は質量と放射のかたちのエネルギーに満たされ、その内部で転移プロセスがくりかえされる。強いガンマ線放射によって電子と陽子のペアリングが生じ、そのふたつのどちらかが事象の地平線の外部に出現する。結果的に質量が失われてミニ・ブラックホールは臨界点を下まわり、爆発してガンマ線を放射する。メタグラヴ・ジェネレーターとグリゴロフ・プロジェクターはこれを通常のパルス・ビームとしてあつかうことができる。大量消費者が要求するエネルギー形態への変換は、基本的にこの反応の前に起こす必要がある。

共振装置から少量のハイパーバリーを引き出し、ガンマ線を利用可能なエネルギーに変換して無線チューブ・フィールドで消費者のもとに配送する方法については、まだトスタンは一度も反駁《はんばく》していなかった。テラの技術は新型グラヴィトラフ貯蔵庫に、もっとも効率的にエネルギーを貯蔵する方法を提供していたから。

ロドニナ・コスナトロワは銀河ギャンブラーを一心に見つめていた。かれ自身のこともその症状も、多くの神経プシオニクス的調査のおかげでよくわかっている。

彼女は無言で手を上にのばした。ロンベ・マッシモとアダム・ピッテンブルクがすでに待っている。

かれらが乗艦したのは主として、基本的に出現が予測できない、トスタンの記憶フェーズを記録し評価するためだった。ストレンジネス・ゾーンに突入してしまえば、たぶんかれらはたいして役にたたない。そのためかれらはストレンジネス転移前、またできれば転移中に、これまでトスタンの脳から引き出せていなかったものに注意を集中することになっていた。

かれの言葉の意味が理解できるなら、かれらの努力にも価値がある。いずれストレンジネス・ショックにおちいる両科学者にそれ以上のことは期待できなかった。

「いや、もうやめてください！」ポージー・プースが憤然と叫んだ。大きな友の苦痛のうめきが意味するところはわかっている。下意識のなかで、だれにも定義も制御もできない力が解放されたのだ。

成型シートに寝そべっていたマッシモが両腕を使ってからだを起こす。同僚よりもだいぶ機敏なピッテンブルクはすでにトスタンのシートの前に立っていた。

それでなくても恐ろしいトスタンの顔の表情がさらにゆがんだ。大きく開いた口から苦痛の声が漏れる。

「気をつけろ、上顎の入れ歯がはずれそうだ」と、ピッテンブルク。「こいつは……」

「すぐにやめるんです、人非人！」ポージーのちいさく甲高《かんだか》い声が響く。「窒息させる気ですか？」

ロドニナはもう手をのばしていた。力強く、それでも優しく、トスタンの頭を両手で押さえる。

遠く艦のセルの奥深くから、テラナーの現状をシミュレートしているかのような音が聞こえた。

グラヴィトラフ貯蔵庫の充塡プロセスと、それに同期した共振装置の周波数変換から生じたものだ。

「記録中！」アリ・ベン・マフルが報告した。「かれから目をはなすな！」

苦痛の声が急に変化した。この現象もおなじみのものだ。トスタンの反りかえったからだをシートのハーネスがおさえる。ポージーはテラナーたちの態度を恥ずかしく思った。徐々に明瞭になる言葉にじっと耳をかたむけ、痙攣《けいれん》しているトスタンを助けようとさえしないのだ。

「自制しろ、キュウ公！」シルヴァーマンがスヴォーン人にいった。「スキッパーの命令だ。記憶回復中にどれほど苦痛を訴えても、絶対に鎮静剤を投与するなといわれている。こういう発作が起きたときは記憶が蘇るとわかっているんだ。おとなしく横になっていろ！」

「あなたたち全員、罰せられるべきです」ポージーは泣き声をあげた。「他者の苦しみを意に介さない、体験に貪欲な、無慈悲な怪物だ。あなたたちは邪悪です。まったくもって邪悪きわまる！」

その叫びをトスタン自身の声が掻き消した。

「欠陥の原因がわかった」ゆがんだ口から大声が漏れる。「あそこのフィルターだ。グラヴィトラフ貨物極格子《こうし》を使え。充塡流入部を回転圧搾するんだ。失敗……」

とぎれとぎれのあえぐような声がやんだ。記憶の発作が終わったのだ……いつものように。触媒として働く要素はハイパー周波数の迷走放射と結びついた記憶の洪水をもたらすが、閉じこめられた記憶はつねに部分的にしか解放されないらしい。

このあとテラナーはただ苦痛を感じるだけで、ロドニナはそれを手早く的確にとりのぞいていった。やがて圧力注射器で投与した薬が効いて、かれはおだやかな寝息を立てはじめた。

同時に充塡プロセスも終了。ハイパー負荷定数のデジタル遮断機が満杯を表示する。

シルヴァーマンは額の汗を拭《ぬぐ》った。

「乱暴なものだな。ポージーのいい分もわかる」

「見当ちがいよ」と、ロドニナ。「見方を変えれば、それはスキッパーが望んだことだし、目ざめればほとんどおぼえていないはず。数分ですっきりと、痛みもなく目をさますわ。あの再活性化プロセスは、ラボでは引き起こすことができてない」

「だったらグラヴィトラフ貯蔵庫の鋼の外殻の上に寝かせるのがいちばんいいってこと

になる。充塡をもっとはっきり感じられるからな！」シルヴァーマンが憤慨していう。

「それで、なにがわかったんです？　グラヴィトラフ貨物極格子ってなんです？」

「見当もつかんな」と、マッシモ。「それより、腹をくくったほうがいいぞ。次に起きることはわかっている。かれもだ」

そういってトスタンを指さす。シルヴァーマンは口もとを引き締め、反抗的に重い息をつくと、制御盤に視線を落とした。

「発言を記録、《バジス》に転送しました」中央主シントロニクスが報告する。「〝条件つきで利用可〟との論理評価を付加しました。用語〝貨物極格子〟を関連づけました。以上！」

やつれたテラナーはわずか五分後に目を開いた。すぐに完全に目をさまし、状況を把握し、当惑した笑い声をあげ、悪態をつきはじめる。

「どこの銀河ペテン師が入れ歯を盗んだ？　どいつだ？」

ロドニナは入れ歯を消毒し、かれの鼻先に突きつけた。

黄ばんだ歯が所定の位置に納まると、かれはいつもどおりの高評価の、愛される、あるいは憎まれる骨男にもどった。すべては見る者の立場しだいだ。

シルヴァーマンが報告する。

「充塡は完了しました、スキッパー。負荷定数は完全にノーマル、問題はありません。

異人に探知されていないといいのですが。《バジス》はいまも一光時の距離にいて、《ツナミ＝コルドバ》との相対速度はゼロです」

身長一・九一メートルのアフロテラナーであるマッシモが搭載計算機の入力コンソールに近づいた。

「だれもが脂肪だというわたしの筋肉組織にかけて断言しますが、グラヴィトラフ貨物極格子なんてものは知りません。すくなくとも、いまはまだ」

「わたしはまたそんなもののことを話したのか？」トスタンがたずねた。

「〝話した〟というのはいいすぎですな。ただ、異知性体のグラヴィトラフ貯蔵庫のことを口ばしったのはたしかです」

トスタンは片手を振って話題を変えた。

「全LPV領域の構成をテストしろ。トリプルチェックだ。テスト終了後、ただちに目的宙域に向けてスタートする。それなら本気になるだろう。ストレンジネス・ゾーンにメタグラヴ・エンジンで向かうか、超光速航行を使わずに向かうかは未定だ。気分的には通常航行で、われわれの時空構造のなかでためしてみたいところだが。ポージー、《バジス》に報告しておけ」

《ツナミ＝コルドバ》は四四七年七月二十九日の標準時二十三時三分にスタートした。ほんの八十光年先からは、ありとあらゆる驚きの詰まった空間ゾーンがはじまっていた。

4

六世紀前、ラトバー・トスタンは〝リスクをとる男〟として知られていた。かれがリスク評価の天才であることを知る者はごくわずかだった。見ている者が総毛立つような行動も、すべては計算ずくだった。一般的に知られている危険に対して、ほかの艦長が充分と考えるような対策をとろうとしなかった。

《ツナミ＝コルドバ》は光速の五十パーセントで境界に向かった。人間の感覚ではまだ感知できないし、探知機でもわからない。探知できるころには肉眼でもわかるようになっている……巨大な暗い〝無〟として。

超光速探知機の表示はまったく異なっていた。司令室の全周スクリーンに、数百万ものさまざまな周波数からなる、正体不明のインパルスが織りなす鬼火の花火がいっぱいにひろがっている。下段のモニターには遠近さまざまな物質集積がうつし出された。映像の乱れが噴火のようにいきなり生じてはすぐに復旧するということをくりかえしていて、いかにも不安定だ。

五名のテラナーと一スヴォーン人、それにやや異質なもうひとりのテラナーは、その地獄のような光景を見つめていた。これからそのなかに突っこんでいくのだ。

「マッシモ、ピッテンブルク！」

トスタンの呼びかけは聞き逃しようがない。感知した迷走放射を音として聞こえる五十ヘルツから一万六千ヘルツのあいだに変調するハイパー周波数変換器が音量を最小に絞った。

「ストレンジネス境界に光速未満で接近しても問題ないか？　きみたちは物理学者だ。メタグラヴ・エンジンを使用したほうがいいなら、すぐにいってもらいたい！」

トスタンが首をめぐらせると、二メートルほどはなれてすわっていたアダム・ピッテンブルクが答えた。

「このままで問題ありません、スキッパー」顔色が悪く唇まで色を失っている。「前方に見えるものは、われわれのゼロ・ストレンジネスとは異なる固有時間のなかにいます。ストレンジネス適合が百パーセント信頼できるかどうか、まだ確信が持てませんから、従来のやり方で行くべきです」

「同感だ！」と、ロンベ・マッシモ。「ここには従来のものなどなにもないが、それでも物理的な両性具有なんとかにメタグラヴ・エンジンで挑むよりリスクはちいさいだろう」

ラトバー・トスタンはうなずいた。他者に助言をもとめるのはかれの姿勢に合っている。かれは決断し、行動にうつった。

アアロン・シルヴァーマンは思わず息をのんだ。艦長がてのひらを押しつけた赤く光る大きな接触プレートの上には〝LPVアルファ〟と表示がある。

その瞬間、すべての指示命令コンソールの機能がトスタンの主制御卓に集約された。論理プログラミング編成……LPV……の能力が最大限まで引き出せるようになる。《ツナミ＝コルドバ》をひとりで操縦することさえ可能だ。その操縦士が倒れても、LPVによる完全自動操縦に切り替わる。人間の判断によって艦の存在が脅かされることはない……旧式ポジトロニクスが期待に応えてくれればだが。

トスタンはシントロニクス計算機でストレンジネス崩壊に対応するのはあきらめていた。旧式ポジトロニクスにくらべたら速度は数十億倍、格納できるプログラミングの量も圧倒的に大きいが、故障することがわかっていたから。前提条件が変わって今回はすべての機能がそのまま使えるかもしれないが、その場合は通過後ただちにシントロニクスの命令システムに切り替えればいい。

警告音が響き、制御画面上に目立つシンボルが表示された。

「中央主ポジトロニクスです」合成音声が報告する。「LPVアルファを確認、制御を引き継ぎます。シントロニクスは引き継ぎ待機中。通信命令を発信。ポジトロニクス周辺装置をデータ・ケーブルネットで接続。指向性放射で《バジス》に報告を送信。障害フィールドの存在により《バジス》側の受信は未確認。《ツナミ＝コルドバ》側で受信確認がとれません。全乗員の医療対応準備完了。実行を推奨します。以上！」

「シルヴァーマン、ベン・マフル、マッシモ、ピッテンブルク、これはきみたちのためだ」トスタンが大声でいう。「まじめな話だ。悪い予感がする。境界まであとほんの半光時だ……表示が正しければ！　ただ、現状、表示はまったく信用できない。ロドニナ、エネルギー供給をたのむ。そのあとはきみの番だ」

「いまのままの低速でも一時間はかかります」ピッテンブルクは蒼白だった。魅せられたように、全周スクリーンの大型画面にうつった炎を見つめている。

トスタンは悪態をついた。

「血管が傷ついたらいつ結紮《けっさつ》する？　出血がはじまってからか？　それとも傷を受けた直後か？　比喩の意味がわかるか？」

「わかったわ」と、女医の神経プシオン学者。

彼女は成型シートから立ちあがった。通常の航行ではもっとも安全なシートだが、今回の実験にはかならずしも適していない。彼女は後方に設置した医療シートに向かった。

医療シートは現代のセラン防護服の医療装置に匹敵するサイバー医療センターであり、その性能はセランを上まわるほどだ。おもにショック状態の者を即座に治療するよう設計されている。これまでの経験から、必要な治療はわかっていた。

このミニ・クリニックもトスタンの要請で、莫大な費用をかけて設置されたものだった。

五名のテラナーがシートに横たわると、クッションがすぐにそのからだをつつみこんだ。艦内コンビネーションの一部が開き、注射針が静脈に挿入され、高圧注射が薬液を筋肉組織に送りこむ。

数分後、かれらは集中治療室に運びこまれた重傷者のような状態になっていた。ロドニナ・コスナトロワも同様だが、ストイックに耐えている。五つの医療センターがグリーン表示になった。全システムが計画どおりに機能している。

「すばらしい！」トスタンは相好《そうごう》を崩した。「いまその気になれば、きみたちのからだをどろどろに溶かすことだってできる。それくらいがっちり固定されているんだ。呼吸がとまるくらいのことは問題のうちにも入らないだろう。ポージー！」

「いや、いや、まったくもって気分最悪です」ポージー・プースがさえずった。「なんてひどいことを。あなたの奔放な想像力には吐き気を催します」

「医療シートにつけ、超戦士！　特別にプログラミングしたロボットがキュウリサラダを夢みている。そいつのスライサーはステンレス製だ」

「行きますよ、急いで。悲しくて、まったくもって侮辱的です」スヴォーン人は泣きごとをいい、反重力装置で特別シートに向かって飛翔した。「でも、〝キュウリサラダ〟が具体的になにを意味するのかわかりません。ぞっとするのはたしかですが」ロドニナが笑った。顔の前に浮かんだ予備呼吸マスクのせいで声がくぐもっている。

「あなたを食べるのよ、ちび。早くきなさい」

「もしかすると、部分的には古代で部分的には現代に最適化された装置が、スヴォーン人にぴったりかもしれない」と、アリ・ベン・マフル。「まるで発明狂が趣味で組み立てた医療装置みたいじゃないか」

「よく見て、よく聞いてください」と、ポージー。「善良な技術科学者として、わたしはこの装置の設計を信用してません。まったくもってただちに、この船を降りることにします」

「外は天気が荒れてるぞ。最近は濡れるのが好きになったのか？」と、トスタン。「くそ、さっさとクッションのあいだにはさまったらどうなんだ？」

轟音《ごうおん》が鳴り響き、それが騒音の地獄へと高まる。《ツナミ＝コルドバ》の球形セルが震動しはじめた。

その直後、現象が消え去る。ポージーは特殊クッションのあいだに飛びこんでいた。

「わざとやりましたね」と、文句をいう。

トスタンは一顧だにしなかった。危険な状況でかれを裏切ったことのない本能にしたがい、立ちあがって自分の医療シートに駆けよる。テラナーは安全のため、太い注射針を挿入する個所には局所麻酔を施すよう主張していた。計画には細かい失敗がいろいろあって、これもそのひとつだった。ロボットは局所麻酔が効いている前提で正確さを重視し、ゆっくりと中空針を押しこんでくる。

トスタンは痛みのあまり悲鳴をあげた。全身を突っ張らせるが、からだは仮借なくハーネスに固定されている。抵抗すればするほど押しこむ力は強くなった。この部分のプログラミングも、ロドニナは不完全と考えていた。そのため彼女は最初にこの大型ツナミ艦に乗りこみ、計画全体の瑕疵《かし》を洗い出そうとしたもの。そんな彼女もいまは助けにならない。

外では超高周波数の噴火のようなエネルギーが荒れ狂っていた。

それは特殊な突起を思わせた。固有時間を持った棘《とげ》のような炎が形成される。だが、それは前兆にすぎない。

トスタンがさらに悲鳴をあげた。特殊な体質のせいで、気絶して楽になることができないのだ。血管はなかなか見つからなかった。股の太い静脈も、中毒から脱する過程で干からびていたから。それでも医療ロボットは通常の人間なら血管があるはずの場所を探している。これこそがひどいプログラミングのエラーだった。結果として自動システムがコンピュータ画像で血液が流れている太い静脈を探しあて、それ以上針先であちこち探ることなく注射針を血管に到達させるのに、けっこうな時間がかかった。

ようやくトスタンの処置が完了する。

アアロン・シルヴァーマンはほかにも考慮されなかった問題が無数にあるのではないかと思い、ぞっとした。

トスタンに鎮痛剤が投与される。悲鳴はやんでいた。最後に医療シートがかれの上下の入れ歯をはずす。

多少は息がしやすくなった。

そんな状況のなか、《ツナミ＝コルドバ》は強さを増す炎に向かって飛びつづけた。またしても球形セルが震える。今回は周期的で、震えは徐々に強まっていった。

中央主ポジトロニクスが警報を発した。ストレンジネス・バリアのエネルギー的に不安定な領域にさしかかったようだ。そのため、トスタンが予想したとおりのことが起きていた。境界は製図板の表面のように滑らかなわけではない。

トスタンは目をさました。感覚がいつもの鋭敏さをとりもどす。自動装置がケーブル接続ではない通話機構を医療シートとのあいだに構築した。

「すべて順調だ。ポージー、ぶつくさいうのをやめろ。きみの大きな友はどんな拷問も慣れっこだ。そっちのシステムに問題はないか？」

すこしずつ応答があった。ポジトロニクス大型計算機からも連絡が入る。

「報告します。ハイパーエネルギーの不安定化により、エネルギー波に制限されたセルの揺れ、構造震動が発生。一定の周波数域で時空の通常ユニットに崩壊しました。記録して、解釈を同期中。非常用反応炉が作動開始。エネルギー出力準備完了。損傷なし、特別な事象なし。艦長の承認をもとめます」

「プログラミング結果を承認する。現状を維持しろ。これでいい」と、トスタン。「シントロニクス計算機の状況は？　まだ機能しているか？」

「問題なく機能しています。記憶バンクの欠落もなし。いまのところうまくシールドできています。以上！」

その後十五分ほど、次々と報告が入ってきた。ツナミ艦はマシンにかかる負荷をなんなく克服した。どのみち、それは周辺的な現象にすぎない。

マッシモも同じことを考えていた。ただ、かれはそれを最後まで突き詰めることができない。通常の許容度の限界はいきなり訪れる。その典型的な例がストレンジネス転移だった。

まるでなにか弾力性のある、炎のように熱い物体に一撃された気分だった。脳内で爆弾が破裂したかのようだ。非現実の痛みがからだにあふれ……突然に消え失せる。

《ツナミ＝コルドバ》はなにごともなく異質な領域を進みつづけていた。トスタンは刺すような頭痛をおぼえたが、今回はいきなり昏倒したりはしなかった。

痙攣《けいれん》をともなう疲労感が徐々に高まっていく。

それでも周囲のようすは、厚いヴェールごしのように感じるものの、見聞きすることができた。

話をしようとしたが、うまくいかない。かれの医療シートの上にグリーンがかったフォームエネルギーが湧きあがった。ほかのシートも同様だ。生命維持シールドが展開している。すべてが機能していた……ほぼすべてが。

ついにトスタンは奇妙なトランス状態におちいった。頭痛も感じなくなる。ずっとアクティヴな状態だったとしても、わりと耐えられる頭痛だといったところだろうか。過去三度のストレンジネス定数の変化では、精神錯乱の前に耐えがたい苦痛を味わったもの。

艦長が意識を失うと、中央主ポジトロニクスは情報提供を中止した。以後はポジトロニクスが指揮を執るから。

5

からだのなかに暖かいものが流れた。それはやがて熱い大波となり、脳に到達して混乱をしずめる効果を発揮した。

体内に温かいものが満ちていくと同時に、第一頸椎に生じていた刺すような痛みがおさまっていく。

《ツナミ32》のロボットなら最高だ、というのがかれの最初の思考だった。その直後、直径二百メートルの旧ツナミ艦がもう存在しないことを思い出す。ここはべつの艦のなかだ。もっと大きくて、強力で、新型の。

笑い声が聞こえた。琥珀《こはく》色の目がきらめき、縦長の瞳が細くなる。

ラトバー・トスタンは完全に目ざめた。自動ハーネス・システムがかれのからだの抵抗を感知し、プログラミングどおり拘束を解除する。干からびた顎のあいだになにかが押しこまれる。しぶしぶ口を開くと、すぐに慣れ親しんだ入れ歯の感触があった。損傷した歯茎の組織では、細胞を活性化させても歯《は》を生やすことはできないのだと痛感する。

目を開くと、自動医療装置の把握具が引っこんでいくのが見えた。それでも背景音はつづいている。

かれは上体を起こし、前腕で両膝をかかえた。

精神活動に問題はない……痛みも感じなかった。四四五年九月に〝丸太〟で目ざめて以来、そんなことははじめてだ。

視界がはっきりする。正面に半円形のコンソールの前の、だれもすわっていない成型シートが見えた。そのさらに向こうには壁一面の大型スクリーンがあり、いくつもの画面が開いている。

　上部三分の二には黒一色の宇宙の虚空が全面に表示されていた。通常の光速探知の結果をコンピュータが描画したものだ。

　下の三分の一は司令球体の壁面に沿って湾曲し、ハイパー探知の結果を再現している。そこには無数の天体がきらめいていた。光速で進む光がまだ艦の現在ポジションまでとどいていないのだ。

　それを見たトスタンはいよいよはっきりと覚醒した。現状とそれに先だつ出来ごとの把握は問題なく、あたりまえのこととしてできている。

　声が響いた。

「中央主ポジトロニクスから《ツナミ＝コルドバ》艦長へ。サイバー医療センターから覚醒の報告がありました。意識フェーズを開始。再活性化を完了。異状ありません」

「どれくらいのあいだ意識を失っていた？」苦労して声を押し出してたずねる。

「医療シールド内の酸素・ヘリウム混合気の平均消費量から判断して、十一分十三秒です。艦内クロノメーターは三分十二秒の不活性状態を記録しています。差異は異宇宙の影響です」

「到着したのか？」トスタンの息づかいが荒くなる。

「異宇宙ハンガイ＝メエコラーに到着しています。くわしいデータは情報画面に表示します」

ポジトロニクスの報告が終了。トスタンはもうしばらく医療シートにすわったまま、特製艦内コンビネーションの供給ポートを閉じ、慎重に両足を床におろした。

上々だ。内臓の安定性に問題はないし、リンパ管の側面の痛みも感じない。

用心しながらシートのまわりを歩いてみる。ロドニナ・コスナトロワと若い技術者ふたりとハイパー物理学者は完全に意識がない。サイバー医療センターは機能しつづけていた。

「なんてことだ、くそ」トスタンががっかりしたようにつぶやく。「きみたち、この《コルドバ》でなにを体験してきたんだ？」

咳ばらいして、艦の奥深くから聞こえてくる音に耳を澄ます。異状は感じられなかった。境界突破機動のあと、グラヴィトラフ貯蔵庫ふたつを充塡する必要があると自動システムが判断したのだろう。そうしないとエネルギーがたりなくなるから。

トスタンはポージー・プースの特殊シートに近づいた。統合されている装置類のほうがシートそのものよりも大きい。スヴォーン人はすでにハーネスから解放されていた。そこから判断して、すぐにも目をさますはず。

「耐性があがっているようだ」テラナーが声に出していう。「すばらしい！　まさしくわれわれが知りたかったことだ。キュウ公、聞いてるか？　男のふりをした美しいスヴォーン人の少女、聞いてるか？」

「わたしは男です」ちびは眠そうで、言葉もまだはっきりしなかった。「まったくもって男です。環境適応戦士です。二百名の息子だってつくれます」

「前にもそんな噂をひろめてたな」銀河ギャンブラーがにやにやしながらいう。「キュウ公、目をさませ！　われわれ、やり遂げたぞ。頭痛を感じるか？」

十分後、ポージーも完全に目をさました。やはり苦痛は感じていない。自尊心だけは〝まったくもって大きく〟傷ついたようだが。

トスタンは肘の内側にスヴォーン人をかかえた。キュウリ形のからだがまるくなり、幸せそうな息づかいが聞こえる。

「ここがハンガイLGだとは思えません」ポージーが指摘した。「LGというのは〝局部銀河群〟のことです。ああ、乱暴にあつかわないでください」

「眠りたいのか、なにかしたいのか、どっちなんだ？」と、トスタン。「向こうにきみの成型シートがある。望遠制御ができるはず。ここはどこだ？　背後のストレンジネス・バリアとの位置関係を測定しろ。ポジトロニクスは転移後に速度をあげたようだ」

「不作法ですね」ポージーが文句をいう。「ほんの数分くらい待てないんですか？　失礼、大きな友、非難するつもりでいったんじゃありません」

「もちろんだ。眠っている百五十名の医療制御に注意していてくれ。くそ、なにもかもわれわれだけでやることになると思っていたんだ。ロドニナもアアロンもベン・マフルも戦力にならない。すこし楽観的すぎたようだな」

トスタンは成型シートに腰をおろした。ＬＰＶ回路はまだそのままで、変化はない。

「艦長が指揮を執る」と、宣言。

「了解しました」ポジトロニクスが答えた。

さらにいくつもの画面が明るくなる。銀河系の知性体二名の眼前に大量の情報がいっきに表示された。ポージーはもうトスタンの〝人間ではないかもしれない疑惑〟にかまっていられなくなった。かならずしもすべてが望んだとおりになっていない。医療監視中央ネットワークは警報を発していないが、流れこんでくる情報量そのものが脅威だった。

ストレンジネス・ショックもそのほかの各種ショックも経験したことがなかった百五十名は、それぞれがまったく異なる症状を見せている。全員が独自のかたちでこの経験を処理しているのだ。ロドニナの医療チームの科学者たちはこれを予測していた。個々の脳は高レベル細胞放射領域で、べつべつのプシ周波数によって個性化されているから。同じ苦痛や欲求はふたつとない。

トスタンはひとりひとり異なる医療ケアを実施するよう主張した自分を褒《ほ》めた。高度な訓練を受けて実戦経験もある若いツナミ・スペシャリストの一部は、昏睡に似た状態で横たわっている。そうかと思うと、評価はそれほど高くなかった者たちが、ただたんにぐっすり眠っているだけだったりする。ATGフィールドを搭載したツナミ艦でココ判読者をつとめていた年配の一テラナー女性など、自発的に目ざめる兆候さえ見せていた。

ポージーが甲高い、歌うような声をあげる。精いっぱい意識を集中している印だ。

「専門家たちはショックで青ざめるだろう」トスタンが予言した。「考えてもみろ、キュウ公、環境適応処置を受けた非テラナーをもっと乗せていたら、どんなことになっていたか。自分のデータは調べたか？　眠っている者たちはロボットに面倒を見させなくてはならない」

「だめだ、だめだ、ポジトロニクスが逃げ出してます」スヴォーン人がさえずる。「ここはバリアから百光年ちょっとの位置です。論理的な結論が出てます。だめだ、だめだ、頭がおかしくなりそうです！」

「そうなるのは任務のあとにしてくれ。なにがあった？ 逃げ出すってなんだ？」

「バリア波動から逃げるような機動をしてるんです。波動のなかではストレンジネスが部分的に渦巻いてます。定数がひとつじゃなく、論理的推論によれば……」

　ポージーは言葉を切り、計器の表示を見た。

「どうした？」トスタンが無理におちつきをよそおった声でたずねる。「キュウ公、情報ははっきり伝えないと、厄介なことになるぞ。どんな推論だ？」

「半光速では遅すぎたんです。だから前は感じなかった、境界性波動異常に巻きこまれた。推論によれば、すくなくとも光速まで速度をあげて波動に突入するか、メタグラヴ・エンジンで超光速航行に遷移するかです」

「今後のために情報を記録しろ。わたしは〝丸太〟からの脱出スタートを経験している。あのときはゼロからいっきに加速した」

「ストレンジネス定数が大きく弱まってたせいでしょう。〝丸太〟はすでに、この宇宙にかなり適応してましたから」

　トスタンは全周スクリーンを見つめた。

「そうかもしれないが、矛盾もある。百光年といったな？ だとしたら、局部銀河群のなかに探知したふたつの物質塊にかなり接近しているはず。それらはどこにある？」

「ストレンジネス境界から予想以上にはなれてます。随伴する固有時間定数が光よりもかなり速くひろがってます。ハイパー探知画面を見てください、大きな友。物質塊があります！」

トスタンは大きくひろがったストレンジネスの周縁に先んじて進む塊に気づいた。同時にポジトロニクスから最終測定値がとどく。無傷のシントロニクスならもっとずっと早く報告してきていただろう。だが、シントロニクスの記憶バンクはまたしても転移のさいに大きく損傷し、入力した基本データ以外、すべてのプログラミングが消去されていた。人類最高の計算機は、いまやなにも知らないハイパーエネルギー性自動装置にすぎない。

トスタンは予見できる欠点をできるだけ早く潰しておくつもりだった。重要なのは大量の基本データで、それを入力しないとシントロニクスは役にたたない。そこさえうまくいけば、失われたプログラミングを独自に再構成することもできる。

艦内クロノメーターによれば、四四七年七月三十日の夜が明けたばかりだった。トスタンは立ちあがり、腕をのばした。ほんの百光年後方にはバリア波動の地獄が荒れ狂っている。そのことはハイパー探知で明らかだった。

かれの指示は簡潔で明確だった。

「ポージー、《ツナミ＝コルドバ》を徹底的にテストする。そのさい、五隻の搭載コルヴェットの計算機も同じように精査する。十五機のスペース＝ジェットはとりあえずあとでいい。火器管制はしっかりチェックしろ」

スヴォーン人は驚いて、大きな友を見あげた。

「火器管制？　どうして？」

「わたしは夢想家ではないからだ！」トスタンが不機嫌に答える。「現実的に考えるなら、不愉快な出会いも予期しておかなくてはならない。ここはいきなり出現した物質集積のはずれで、固有時間以外のものも持ちこんでいると考えるしかない」

「なにも探知してませんし、だれも近づいてきてませんよ」と、ポージー。

「いずれだれかがあらわれる。そのときにそなえないのは狂気の沙汰だ。トランスフォーム砲を準備しろ。虚空に向けて一発撃ちこむ」

「なんのために？」ポージーが興奮して叫ぶ。「そんなことをするのは……」

「……ここでも発射できるかどうか確認するためだ。必要になったとき撃てるかどうかもわからないまま、地獄に突っこんでいくつもりはない」

半時間後、《ツナミ＝コルドバ》の八門の重トランスフォーム砲のひとつが火を噴いた。八門のうち二門は上極の湾曲面にあらたに設置したふたつの砲塔に、のこる六門は球体の上方三分の一に配置されている。上極を標的に向けて航行すれば、八門すべてで集中砲火を浴びせられる。

新しいシントロニクス照準器は故障していて、いまは補助ポジトロニクスが機能を肩がわりしていた。

「遅すぎるし、不正確すぎるし、三次元照準で狙いごしが必要になることが多すぎる」

千万キロメートル先に人工の太陽が生じると、トスタンが文句をいった。

砲塔の旋回音がしずかになる。

「必要なら四千ギガトンが八発か……これは悪くない。棒切れどもの大型宇宙船に対抗できる、信頼できる武器はこれしかないからな。これは知っておくべきだぞ、キュウ公」

「弾薬がつきるまでは、そうですね。まったくもって気にいりませんが」ポージーが不幸そうにいう。

「わたしは頑固野郎に頸を焦《こ》がされるほうが気にいらない。なあ……キュウ公、攻撃対象が棒切れどもだってことが、どうして急に思い浮かんだんだと思う？」

ポージーは伝令船《コルドバ》で着陸したとき出会った、痩《や》せて非人類的なハウリ人のことを考えた。トスタンはかれらを〝棒切れ〟、ないしは〝竿族〟と呼ぶ。どうやらトスタンの記憶はかなりもどってきたようだ。

艦長はそれ以上なにもいわなかった。ただ待っている。

スヴォーン人が答えた。

「ハイパー動作するシントロニクスによる照準、ロックオン、追尾計算はあらたな基本データで提供されます。プログラミングは防御が必要になりしだい作動します」

6

ラトバー・トスタンは十二日間をシステムのチェックにあてた。

テラナーの五名のアクティヴ乗員はまだ目をさまさない。ただ、伝令船《コルドバ》の乗員だった三名は、ロンベ・マッシモとアダム・ピッテンブルクよりも良好な状態だと報告があった。耐性が強化されるという仮説はポジティヴに評価できそうだ。

《ツナミ＝コルドバ》は一分前に超光速航行のグリゴロフ層から通常空間に復帰していた。四四七年八月十日、艦内時刻二十一時四十五分のことだ。

「機動終了、航行状態はグリゴロフのスタート時と同一。光速の五十パーセントです」

シントロニクスが報告した。

トスタンはハーネスをはずし、ポージー・プースの成型シートのほうを見た。スヴォーン人はもう起きあがり、魅せられたように全周スクリーンの大画面を見つめていた。さっきまで見えなかったものが、いきなり見えるようになったのだ。《ツナミ＝コルドバ》は一万光年の距離を翔破していた。

「あなたにもあの恐ろしいものが見えますか、大きな友？」と、ポージーがたずねる。

「こんなことだと思っていました！」

「ああ」トスタンはなんでもないふうをよそおった。「光の境界に達したな。物質塊までの距離の推定は比較的正確だったようだ。ストレンジネス境界をこえて千光年のポジションに存在している。《バジス》に知らせておくべきだろう」

「われわれをまったくもって貪《むさぼ》り食って、どろどろに溶かして、確実に殺すんでしょう」ポージーが興奮してさえずる。

「スヴォーン人は三度死ぬんだろう？」トスタンがにやにやしながらいう。「前にも経験してることだ、親友！　どうして赤い光を恐れる？　死にゆく宇宙の弱さの象徴だからだ。われわれは……そう、われわれは故郷にもどった。いや、われわれは……」テラナーのからだが震えはじめる。言葉が不明瞭になり、やがてなにをいっているのかわからなくなった。

　スヴォーン人のマイクロポジトロニカーでシントロニクスの専門家であり、以前は《ツナミ３２》のココ判読者だったポージーもからだを震わせている。ただ、かれは意識を失わなかった。人類の頭痛に相当するものも感じていないが、押しつぶされそうな圧迫感がある。

　かれはそんな苦痛のなかで、いま再活性化の最終段階にいるトスタンのことだけを考えていた。グリゴロフ飛行を終えたかれらがいきなり出現したどす赤く輝く銀河は、どんなストレンジネス転移よりも、これまでに出会ったどんなパターンの現象よりもすばやく、記憶ブロックを解除していた。

ややあって、トスタンが成型シートのなかでおとなしくなった。目を閉じて口を開いている。苦悶の声は聞こえなかった。ポージーの苦痛も消えはじめている。中央主ポジトロニクスから報告があった。シントロニクスの命令機能はすでに八十パーセントが解放され、のこるシントロニクス・プログラミングも再構成中だ。

「シントロニクスから艦長へ。体調不良が見られます。交代しますか？」

トスタンは目を開いた。いわれたことは理解できている。遍在するどす赤い光はかれを再生させるかのようだった。かれの手がアルファ入力のスイッチプレートに触れると、ポージーが叫び声をあげた。トスタンはしわがれた、それでも理解できる声で話しはじめた。

「いや、シントロニクス、データの受領は問題ない。基本的な知識は有《M》機多重テ《T》ラビット記《S》憶中枢から引き出すから。質問がある。わたしのプシモジュール化MTSインパルスを受信して、プログラミング増強の素材に利用することは可能か？」

大型計算機が可能だと回答。トスタンはふたたびシートに背中を預け、データ転送を開始した。グリゴロフ事故以後にかれが経験したこと、目撃したこと、突きとめたこと、かれのDNA改変された脳に記録されていたこと、すべてが信じられない速度でシントロニクスに流れこんでいく。

データの転送は半時間で終了した。

「記録して、プログラミング進行中です。最初の結果が出ました。現在の環境ファクターとの比較はポジティヴです」

トスタンが背もたれからからだを起こす。ポージーの目には内心の燃えるような思いが見てとれた。

「ハンガイだ、キュウ公、ここはハンガイ、死にゆく宇宙タルカンの一銀河だ。虎の王が計画を実現させたということ。こっちにやってきたんだ。〝丸太〟もかれの計画だったが、かれはいっしょではなかった。ハンガイ銀河は半分がこちらにきていて、のこりのうち四分の一もあとにつづいている。われわれも手を貸した。思い出せるか？　記憶はもどったか？　キュウ公！」

「すっかり目がさめました、まったくもって。調子はどうです？」

「問題ない！　いや、きみがすべてを知ることはできないはず。《ツナミ32》ではかくれていたから。あそこにはわれわれの時間で十五年いたことになる。いま、ハンガイ銀河は部分的にわれわれの局部銀河群に到着した。その質量配置も変化することなく転移している。ハウリ人の基地もそのまま存在しているということ。シントロニクスに指示して、知っている宇宙船のタイプをすべてコンピュータに描写させた。特徴的なエンジン放射や防御バリアのインパルスほか、すべてが網羅されている。カルタン人の宇宙船も同様だ。《ナルガ・プウル》、いわゆる〝丸太〟には、三種類の宇宙船が搭載されていた。きみもできるだけデータを思い出すんだ」

「なにをです？」ポージーはよけいなことをたずねなかった。状況を真剣にとらえている。

「ハンガイ銀河のおもな星々の配置だ。わたしは五千ほど記憶している。標識灯、リレー・ステーション、カルタン人の基地、座標点となる特殊な見た目の恒星などもふくめて。シントロニクスと協力し、ここがハンガイ銀河のどの部分なのかを確定しろ。位置がわからないと、どっちに向かえばいいのか決められないから。すでに千億ほどの星が出現している。目印になるものを探せ。いや、質問はなしだ！　わたしは休息する。ひどく疲れた。ハイパー通信を記録しておけ。通常周波数を受信するようにしてある。できるだけ通信を傍受するんだ。異宇宙への大規模な転移の直後だけに、大きな混乱が起きるはず。虎身分の天才たちでも防ぎようがないだろう」

「どんな身分なんですか？」ポージーが驚いてたずねる。

「管理者だな。虎の王もその立場だ。発言権がある。高慢ちきな連中だが正直で、しっかりしてる。カルタン語かハンゴル語で通信を送ってくるはず。ハンゴル語は知ってのとおりハンガイ銀河の共通語で、われわれも〝丸太〟こと《ナルガ・プウル》で使っていた。ギャラクティカーならだれでも理解できるインターコスモのようなものだ。発信源の方角に注意しろ。星々の配置を記録するんだ」

それだけいうと、トスタンはいきなり眠りこんだ。医療ロボットは自然な入眠を妨害しようとはしなかった。

ポージーの目の前にいくつものデータ画面が開いた。シントロニクスがすでにトスタンのデータ流を処理していたのだ。

この星の海を無計画にうろついても意味はない。異知性体と邂逅《かいこう》する確率は十の十八乗分の一くらいだ。接触できるよう、目的を持って行動しないと。

そのためには確実な基盤が必要だ。

計画はトスタンの有機記憶データが正確で、そこに記録された星々の配置が転移によって変化していないことを前提としていた。

＊

トスタンはグリーンの恒星を〝バアハス〟と命名した。ハンガイ銀河においてさえ、宇宙的にめずらしい存在だ。

DNAが活性化したかれの大脳の有機記憶バンクにも、似たような恒星はほかにひとつも見あたらない。

それは誤解の余地のない宇宙標識灯に分類されていた。

このあたりからはじまる銀河中心部に密集する星々のなかから、惑星を持たないその恒星を見つけ出すのに、シントロニクスは六日を要した。七度の超光速飛行をへて近傍ポジションに到達し、孤独な恒星を探知して、ようやくその姿を見ることができた。トスタンはこの過程を幸運だったと評した。一カ月かかったとしても不思議はなかったのだ！

《ツナミ＝コルドバ》は光速の九十パーセントでその恒星に向かった。恒星はすでに全周スクリーンの左側全体を占めている。

シントロニクスが座標を確定。それによると、現在ポジションは半分出現した銀河のサウスサイド中心部で、赤い光がはじまるところから一万一千光年の距離になる。

トスタンは長い探索のあいだひたすら眠りつづけ、体力を自然回復していった。とくに急いではいない。狙いどおり知性体と出会えないかぎり、遠征が成功したとはいえないとわかっていたから。

向こうからの情報が入らないので、現状ははっきりしない。かれがおぼえているもともとの計画はたぶん変更されているだろう。これだけの巨大事業になると、さまざまな事故や失敗、またそれにともなう連鎖反応で、途中変更は避けられない。

アアロン・シルヴァーマンの医療シートの前に立ち、テラナーの弛緩《しかん》した顔を見おろす。蠟のように白かった顔色は健康的な血色をとりもどしていたが、意識はもどっていなかった。

「役にたってくれるなあ、模範例」スキッパーは文句をいった。「傷んだキュウリと四分の三ほど死にかけた乗員だけで、直径五百メートルのツナミ級宇宙艦を飛ばさなくちゃならないとは」

「傷んだキュウリってなんです？　侮辱ですか？」ポージーが多関節の腕を振りまわす。「どうなんです、礼儀知らず？　テラの古い表現ですか？」

トスタンは片手を振った。シントロニクスが報告する。

「物質探知により、巨大な金属の残骸を発見しました。多面体で、恒星周回軌道上にあり、軌道計算と拡散係数から、艦内時間で十五分前に巨大質量が破壊されたものと考えられます。以上！」

スヴォーン人はトスタンの呼びかけを耳にした。銀河ギャンブラーは大股で成型シートに向かい、ポージーもすぐに自分のシートに飛翔する。

トスタンの声がようやく聞きとれるようになった。指が論理回路のスイッチの上を踊るように動く。

千もの処置が次々と実行され、そのどれもが正確に目的に合致していた。

「戦闘準備完了！」ロボット音声が響いた。「五秒で発砲可能です」

雷鳴のような轟音が扉を震わせ、しばらくはほかの音がなにも聞こえなくなった。迫り出した砲塔がうつし出される。新型の防御シントロニクスが数値を表示し、光速で射出される攻撃ビームを自動的に捕捉して、命中ポイントに高度集中フィールドを展開する準備ができたと報告。

ほかにも多くのことが同時進行していた。三分後、《ツナミ＝コルドバ》は完全な戦闘態勢に入った。あたりがしずまりかえった。

「まったくもってばかげてます！」ポージーが叫んだ。「どうしてこんなことを？　大きな友……なぜです？」

「ほんの十五分前まで、あの残骸は無傷の大型通信リレー・ステーションで、わたしはそれを通じてシングイソ星系とコンタクトしようとしていた」トスタンが興奮ぎみに説明する。「目的の恒星はここから一万二千光年だ。われわれ、イーストサイドによりすぎている。高エネルギー・フィールドが重層し、数百万の恒星が集まったこの混沌のなかでは、この艦の通信機でそれだけの距離をこえて連絡するのは不可能だ。機能している中継基地が必要になる。名前を聞いたことがあるだけだったが。探知結果に注意しろ。だれがステーションを破壊したんだと思う？」

ポージーはテラナーが独自の本能にしたがっているのだと思った。その推測はすぐに確認できた。

「シントロニクスからスキッパー。高エネルギー放射、攻撃ビームです。発射ポジションに宇宙船六隻を確認。カルタン人が使用するパターンでハイパー通信が入っています。基本情報〝トスタン〟でＩＤ刻印を送信しました」

いくつもの画面に色のついた線があらわれ、それがかたちをとっていく。すぐに輪郭がわかるようになった。

やはりトスタンが思ったとおりだった。宇宙船のうち五隻はハウリ人のもので、のこる一隻はカルタン人が使うタイプだ。断面が台形の本体の左右にエンジンを格納するやや短いアウトリガーが付属した形状は、見まちがいようがない。アウトリガーは船尾に向かって円錐形にひろがり、宇宙船の全体像はひろげた扇を思わせる。

トスタンが再度スイッチを操作。色とりどりの乱れた線として表示されていた信号が、即座に映像に調整された。司令室らしい場所がうつる。コンソールの前にすわっているのは、以前から知っているカルタン人に似た知性体だった。

シントロニクスがようやく音声の変動を安定させた。周波数レベルの調整に成功したようだ。トスタンの基本データが正しかったということ。

ポージーが叫び声をあげた。トスタンは反応しない。かれはすでに薄い唇をさらに引き締めて、じっと映像を見つめていた。

《ツナミ＝コルドバ》のスピーカーから奇妙な音が流れてきた。明らかに艦長と思える相手がマイクロフォンごしに話している。

「古カルタン語です」と、ツナミ・シントロニクス。

「あれは輸送艦か？　全長二百メートル、左右のアウトリガーはそれぞれ百五十メートル？」

「そのとおりです！　エンジン格納部に沿って前後にならんだ砲座が三つあります。発砲しました。命令は？」

「待機だ！」と、トスタン。「ハウリ人は砲の有効範囲の下をかいくぐるはず。艦の上面にだけ砲塔を配置するのはばかげていると、何度もマン・グロに指摘したんだが」

「質問。〝マン・グロ〟の意味を説明してください。未知の用語です」

トスタンは頭をのけぞらせた。突然、頭痛に襲われたのだ。ポージーはかれが顔をゆがめたことに気づいた。痛みは数秒で治まり、トスタンの記憶ブロックがさらに解放された。

「マン・グロはわたしの虎の王の名前だ」トスタンは咳《せ》きこんだ。「ポージー、輸送艦とコンタクトしろ。わたしはカルタン語がわからない。急げ、棒切れどもにやられてしまう。このままでは、かれにチャンスはない」

「助けないと！　友だとしたら……」

「なにがあろうと、宇宙戦争を引き起こすつもりはない。われわれが攻撃されたわけでもないしな。コンタクトだ」

　ポージーがスイッチを操作し、シントロニクスが確認した。《ツナミ＝コルドバ》の声は向こうにも聞こえるはず。

「接近中。現在の距離は千二百万キロメートル」ハイパー計算機が報告する。「ハウリ艦四隻が回頭、こちらに向かってきています。質問。砲撃を許可しますか？」

「許可しない。照準を定め、トランスフォーム砲の発砲を準備して指示を待て。ポージー、コンタクトできたか？」

「応答あり。あ、いや、こっちを無視してます！　あなたがわからないんでしょうか？　この球型艦のことも？」

「ハンガイ＝タルカンではだれとも会ってないからな」

　トスタンは高速で接近してくる四隻のハウリ艦を観察した。中央部分が極端にくびれた細長い船体と、強大な円錐形の艦首が特徴的だ。艦首上部の砲塔も無視できない……かれはハウリ人の熱線砲の威力をよく知っていた。

　浮遊マイクロフォンが顔の前に漂ってくると、トスタンはハンゴル語で話しはじめた。ハンガイ銀河の共通語で、この銀河の住民ならだれでも理解できる。

「銀河ギャンブラーのトスタン、マン・グロの友にして戦友、《ナルガ・プウル》の共同建造者から、カルタン人の輸送艦へ。わたしは味方だ。ハウリ艦はすでにそちらの射程内に入っている。長軸を中心に、艦を半回転させろ。掩護が必要か？　必要なら公式に要請しろ」

輸送艦のアンテナから送信された映像が表示された。操縦席にすわった、猫を思わせる異人だ。トスタンの姿も相手の画面にうつっているはず。カルタン人は不当なほど傲慢な姿勢のまま、同じくハンゴル語で応答した。

「勝手にマン・グロに言及するのは何者だ？　だれが《ナルガ・プウル》のことを知っていると？」

「目の前に見えているわたしだ。三秒以内に二発が命中するぞ」

カルタン人艦長が疑念を呈《てい》するひまはなかった。ハイパー通信の映像が突然乱れる。爆発音は《ツナミ＝コルドバ》の司令室でも聞くことができた。輸送艦に火の手があがっている。

《ツナミ＝コルドバ》がとらえた外部映像から、輸送艦の左のアウトリガーに二発が着弾し、エンジンが爆発したことがわかった。

さらにつづけて火球が生じる。ハウリ艦からの三発めは輸送艦のいい位置に命中し、その個所を白熱させた。

ポージーが恐怖の声をあげ、驚くほど冷静にその場面を眺めている友に信じられないという視線を向ける。

「そんな目で見るな、キュウ公。ばかなやつはどこにでも、どんな種族にもいるもんだ。判明している敵を相手に、長軸を中心に艦を半回転させられないようなやつは、そもそも乗艦すべきじゃなかった。シントロニクス、トランスフォーム砲いちばんから四番まで発射用意。敵の攻撃を待て」

すぐにハイパー探知機がツナミ艦に迫ってくるビームを発見。トスタンは防御バリアを展開しておらず、ポージーが不安に満ちた声でそのことを指摘した。

「新しい防御機構のテストだ。くるぞ！」

艦の外殻から二十キロメートルはなれた位置に肉眼でもわかるきらめきが生じた。船体をつつみこむタイプの防御バリアにはこれまで見られなかったほどエネルギー密度の高い、凹面のバリアが形成されている。

ハウリ艦のはなった熱線がちいさな輝きをのこして消滅した。のちのトスタンの説明によると、超高速で動作するシントロニクスが〝たっぷり時間をかけて〟敵の砲口の発射光を測定し、圧縮した防御バリアを一点に集中して形成したのだという。

さらに三条の熱線がはなたれた。発砲したハウリ艦は距離を詰めてきているが、まだ七十万キロメートルほどはなれている。

状況が緊迫してきた。超光速測定の誤差と捕捉バリアの形成ポジションを考慮すると、彼我《ひが》の距離は一光秒半くらいだろう。

トスタンは発砲を命じた。シントロニクス計算機が瞬時に反応。

四門のトランスフォーム砲が非物質化の轟音を響かせた。爆弾が光速の百万倍の速度で射出され、目標ポジションで再物質化する。

高速で接近してくるハウリ艦には、かれらにとって未知の宇宙船の戦闘力を評価するチャンスがなかった。テラの最大戦力であり、最新世代のシントロニクスが制御するトランスフォーム砲は、過去のモデルよりもはるかに精度があがっている。

TNT換算で四千ギガトンのエネルギーを放出する四つの人工太陽が、ハウリ艦のまさに目の前に出現した。ハウリ艦は避けようもなく原子の炎のなかに突っこみ、消えていった。

《ツナミ＝コルドバ》は光速に近い速度のまま、急速に膨れあがる輝きの下を通過した。外部カメラの映像がゆがみ、すぐにもとにもどる。

「攻撃してきた敵影はもう見えません」と、シントロニクス。「五隻めの敵艦は反転しました。強いエンジン放射がありますが、まだ射程内です」

「砲撃やめ！」トスタンが人間相手のような口調で命じる。「通信信号を見落とすな。カルタン人の輸送艦から呼びかけてくるだろう。救難信号を発しているから」

ツナミ艦の後方で、人工太陽が長くのびた、白く輝くガスの雲になる。

トスタンはハーネスをはずして立ちあがった。じっとスクリーンを見つめている。

「攻撃せずにはいられなかったらしい。なぜだ？　なぜやつらは狂ったように襲ってきた？」

　ポージーには答えられなかった。ハウリ人の行動にはなにか理由があるはず。それがなんなのか、かれにははっきりとわからない。

「ほんとうにカルタン艦から呼びかけてきますか？　大きな友、よく考えてください。あの五隻めはどうなります？」

「逃げていったんだ、それでいいさ。ここに大型リレー・ステーションを破壊しにきたのはまちがいない。まだカルタン人と戦っていて、機会さえあれば損害をあたえてるんだろう。そう、だれかが呼びかけてくるか、破壊された輸送艦を調べにくるはず。マン・グロがここにいるなら、確実にそうする」

「逃走したハウリ艦の通信です」シントロニクスが報告した。「指向性ビーム通信の迷走インパルスを傍受しました。どうしますか？」

「ハウリ人については、どうもしない。すぐにまた追ってくるだろう。推力を切って相対的に停止しろ。じっと聞き耳を立てるんだ。シングイソ星系の座標を確定したい。わたしを知る者はそこにしかいないから」

　ポージーはスキッパーの動機を推し量ろうとした。当然だが、カルタン人のだれかとコンタクトするのは本来の任務とは関係がない。猜疑心から大量の疑問が、あるいは誤解が生じるのは不可避だし、紛争さえ起きるかもしれない。それでもトスタンは十七年ほど前に出会った知性体との再会を望んでいた。

7

《ツナミ＝コルドバ》は一時間前に通常空間に復帰した。猫型種族の行動はラトバー・トスタンの予想以上にすばやかった。座標を平文のまま、中継ブリッジ経由で送信してくることさえ厭《いと》わなかったのだ。トスタンは未知の相手に、すくなくとも考える頭があることを悟った。もちろん、シントロニクスにとって未知の言語であるハンゴル語を暗号化されたら問題になっていたこともたしかだ。

四四七年八月十九日、ハイパー空間をあとにしたトスタンは画面に目を向けた。ちょうど奇妙な恒星系の外縁部に到達したところだ。その位置は銀河中心部の近くだが、まだ出現していない物質塊のせいで間接的にしか指定できない。

　艦内時刻十四時三十六分、ツナミ艦は亜光速でシングイソⅣに向かっていた。

「トスタンの記憶にもとづく情報を確認しました」シントロニクスが報告する。「四つの小惑星帯があり、ほぼ確実に、およそ二百万年前に爆発した惑星の残骸と推測されます。残骸は安定した軌道を周回し、もっとも大きな集積は第三小惑星帯です。テラ・サイズの注目すべき天体が四つあります。爆発した惑星は木星サイズです」

トスタンは報告を中断させた。考えのじゃまになるから。奇妙な星の配置をしめすデータがすべて画面から消える。

「輝く巨大なリングですね」ポージー・プースが興奮ぎみにさえずった。「腐敗した赤い海に浮かぶ、くすんだ真珠の連なりです」

「口ばかりうまいやつはカルタン人に串焼きにされるぞ」トスタンが叱責する。「ありふれた惑星のかけらだ。球形のものなんてほとんどない」

「大きく舌打ちしたいところです」ポージーが憤然といいかえす。「実際、美しいリングじゃないですか」

「実用性がない」トスタンがいかにも現実主義者らしく指摘した。「シントロニクスが即座に反応しなかったら、あの無数の破片のどれかに衝突していただろう。マンモンにかけて、計器から目をはなすな！　追っ手はどこにいる？」

「まったくもってそこらじゅうに。前にもうしろにも、上にも下にも」

「たいした答えだ」トスタンがいら立たしげにいう。「神経を逆撫ですることしかしないなら、きみも深層睡眠させておくんだった。ここの主要世界とのコンタクトは？　第三小惑星帯のなかにあって、ゴロナクと呼ばれている。発見したか？」

「黄色いふつうの恒星の陰から出てきたところです。ほんとうにあれがそうなら。実際、そうなんです！　あなたのデータはかならずしもつねに正確ってわけじゃありません。おっと、失礼な表現を許してもらえますか？」

「ほんとうに串焼きにするぞ。些々《ささ》たる点をのぞいて、わたしのデータはつねに正確だ」

　メタグラヴ・エンジンが動作するしずかな音が聞こえた。トスタンは悪態をついた。シントロニクスが引力に抗して艦の出力を大きく引きあげたようだ。

「シントロニクス、われわれに九百五十キロメートル毎秒毎秒の加減速が可能だと、カルタン人に教えてやってどうする？　くそ、追っ手に追いこされてしまうぞ！」

　ポージーはうれしそうにちいさく笑った。スキッパーが聞きたくない言葉が艦内通信で流れたから。

「ロボットには基本データが必要です。それを忘れた場合は、ふむ……」

　トスタンはスイッチを切り替え、あらためてポージーをにらみつけた。

「全部隊に告げる。《ツナミ＝コルドバ》の秘密は厳守だ。トランスフォーム砲とATGプロジェクターは完全にロックする。ポージー、呼び出しシンボルがきてるぞ」

「やっぱり詐欺師ですね」ポージーが憤然となる。「友を騙そうとするなんて。いいでしょう、スイッチを入れます」

　全周スクリーンの一部にカルタン人の姿がうつし出された。高齢で、威厳ある雰囲気をまとっている。トスタンの知らない顔だ。

「ゴロナク司令センターから未知の球型宇宙船へ。ＩＤの再送をもとめる。映像通信で操縦室を表示せよ」

トスタンは身を乗り出した。骸骨じみた顔が大写しになったはず。それは〝当然この顔は知っているだろう！〟とばかり、自分の顔を相手に見せつけようとする態度だった。

「きみの髭《ひげ》を鉤爪に巻きつけてやる」と、ハンゴル語でいう。「銀河ギャンブラーのトスタンが、どうして下《した》っ端《ぱ》に尋問されなくちゃならない？　マン・グロはそこにいるのか、いないのか？　ま、いないのだろうな。かれがいれば、無能な艦長を乗せた輸送艦をバアハスのグリーンの恒星標識灯に派遣したりはしない」

スピーカーから擦過音が響いた。威厳あるカルタン人が猫の前肢じみた強靭《きょうじん》な片手でわきに押しやられる。大画面上にトスタンが〝虎の王〟と呼ぶカルタン人の顔があらわれた。口もとの牙《きば》がきらめき、琥珀色の目が閃光をはなつかのようだ。

「この艦長はきみがハウリ人で、われわれを騙そうとしていると誤解したのだ。きみの姿がそれだからな。ヘクサメロンの預言者によく似ている。だからＩＤを確認しようとしたのだ」

「びっくりだな！」トスタンは笑った。興奮すると同時に安心もしている。「わたしを棒切れと勘ちがいして、命中弾をぶっぱなそうとしたのか？　虎の王、きみも以前とはようすが変わったな。歳をとって、弱々しく見えるが……」

「弱々しく？」相手は大声をあげた。「それはきみだろう。歩く死体ではないか！　棒切れの話などだれもしていない。わたしが弱々しいかどうか見せてやる。待て、毛なし。わたしはきみがくるのを待っていた」

トスタンはすなおによろこべなかった。突然、懐疑的な論理がまたしても頭をもたげる。

「待っていた？」そういって居ずまいを正す。「友よ、こちらの専門家にとって、ふたつの物質塊の出現を探知するのはむずかしいことではない。ただ、そのなかに突入するのは不可能だったし、いまもそうだ。それらが固有時間を有しているから。わたしの艦にも、この苦難を乗りこえられたギャラクティカーは二名しかいない」

《ナルガ・プウル》計画のチーフであり、いまはハンガイ＝メエコラー転移事業の指揮官であるマン・グロは、真剣な表情になった。一歩下がって上半身が見えるようにする。

「それはわかっていた。どうしてきみに《ツナミ３２》を秘密裡《り》に修理させたと思うんだ？　なぜきみの話に乗って、その艦を《ナルガ・プウル》に搭載させたと？　きみが脱出することを期待したからだ。供給プロジェクトのチーフ、バオ・アト・タルカンには情報を教えなかった。きみが疑念をいだき、脱出を断念するかもしれないと思ったから。バオが情報を漏らす危険もあった。かれはトラアヴの傭兵を使って、きみを狩ろうとしただろう？」

トスタンは自分自身を罵《ののし》った。ポージーのぎょっとした顔を見やる。マン・グロは平和と善意の証《あか》しとして両てのひらを開いて見せた。

「きみは援助を約束した、ギャンブラー。はるか以前、きみをわれわれの宇宙で発見したとき、きみは意識がなく、かろうじて動物的な反応ができるだけで、餓死しかけていた。そのときはじめて、われわれの遠征の行く手になにが待ち受けているかがわかったのだ。《ナルガ・プウル》の質量はちいさすぎて、固有時間を運ぶことはできなかった。きみのいう〝ストレンジネス定数〟を」

トスタンは画面を凝視した。言葉が出てこない。虎の王は自分の言葉がテラナーを手ひどく侮辱したのを感じ、こう先をつづけた。

「わたしの故郷銀河はこれまで二度にわたり、全質量の四分の一ずつを転移させた。きみの宇宙に突っこんでいったわけだ。それについては釈明する必要がある。困難が生じることは予想していたし、実際に生じた」

「ハウリ人のことか？」トスタンはそうたずねずにいられなかった。

マン・グロはばかにしたようにため息をついた。

「避けられない副作用のことだ。いまはまだ深刻ではない。カタストロフィが起きるとしたら、ハンガイ銀河の三つめの四分の一が転移できなかった場合だろう。もう長いこと待っているが、なにも起きない。期日はとっくに過ぎているが、タルカンと連絡もとれない。転移で生じた次元亀裂の裏ではショック忘却というかたちの死が待ち受けている。きみの固有時間がわれわれを脅かしているのだ。きみは選ばれて探索者となり、《ナルガ・プウル》で先遣され、こうしてもどってきた。眠りながらの死を克服したということ。どうやったのか、教えてもらいたい」

トスタンはおちつきをとりもどした。虎の王の欺瞞《ぎまん》戦略にも大きな笑みを浮かべる余裕を見せる。マン・グロはかれの、ラトバー・トスタンの、べつの形態をとった同等の存在なのだ。どこまでも寛容で、かんたんには把握できず、あたえることに妥協しない。あらゆるものを要求し、あらゆるものをあたえ、どんなことをしても種族を生きのびさせる。

テラナーのほうもマン・グロに同じように評価され、そのシンボルとみなされている。

「次の賭けにはかならず勝つ、親友」と、トスタンは約束した。「周囲を見てみろ、虎の王。なにが見える？」

ポージーが司令室全体の映像に切り替える。

「ああ、ちいさな助手か」マン・グロが〝当然だな〟という顔でいう。「かれもストレンジネスの死の障壁を克服したのだな。かれが延々と作業をするのをおもしろく眺めていたもの。見られていないと思っていたようだが。ようこそ！　きみの名前は？」

「こいつはキュウ公だ」トスタンが憂鬱《ゆううつ》げに答える。ポージーは反対に、強大な姿にいっそう縮みあがっているようだ。マン・グロの黒と黄色の縞《しま》模様の体毛はまさしく虎を思わせた。

トスタンは五名のテラナーが横たわっている医療シートに近づき、足をとめた。

「バイオ睡眠と最高の医療があればストレンジネス境界を乗りきれると期待したんだが、かれらはいまだに意識がもどらない。生命維持システムがなかったら、いまごろ渇き死んでいただろう。きみの種族が境界をこえるときは気をつけろ、誇り高い友」

「信頼できる戦士を乗せた船はすでに失われた」カルタン人が告白する。「わたしのミスだ。どうしてきみを待っていたのだと思う？　きみ以外に成し遂げた者がいないからだ。きみはショックに適応した。そうだろう？」

「証明はできていない」と、トスタン。「わたしの脳は改変されているし、キュウ公はわたしと同じ種族ではない」

「わたしはポージー・プース、スヴォーン人の環境適応戦士です！」ポージーが憤然と声をあげた。「礼儀作法は忘れて、まったくもってあなたを軽蔑します。あなたもです、大きな猫。串焼きなんかにはされませんからね」

マン・グロがトスタンがにやにやしているのを見るまで、しばらく目をまるくしていた。

「きみがいなくなって寂しかったよ、ギャンブラー」と、うっとりしたようにいう。

「わたしのことをキュウ公になんと話したのだ？」

「気にするな！　着陸するから、こっちの艦内で会おう。ほかにも百五十名の生きた死体が見られるぞ。ショックに慣れさせようとしたんだが、そのためには物資の供給が必要だ。自分が固有時間に囚《とら》われていることはわかっているか？　三回めの質量転移が期日からどれだけ遅れているのか、わかるデータをこっちにくれ。次の期日は決まっているのか？」

　マン・グロは一瞬ためらってからうなずいた。トスタンはかれに信頼されているのを感じた。

《ツナミ＝コルドバ》はコースを調整し、着陸機動に入った。トスタンは惑星ゴロナクをよく知っている。そこで巨大宇宙船を建造し、なにも知らないテラナーは、エスタルトゥの力の集合体に出現したそれを〝丸太〟と呼んだもの。

　ハンガイ＝タルカンに滞在していたとき、トスタンは第三小惑星帯のほかの三つの地球サイズの惑星を瞥見《べっけん》しただけだったが、そこに巨大な工業施設が存在することは知っていた。その多くは十五年前にいきなり解体されてしまった。

　いま、四四七年八月十九日、トスタンはその理由がわかったと思った。《ツナミ＝コルドバ》のエネルギー探知機が多種多様な放射で限界をこえそうになっている。四つの小惑星帯に散らばる無数の天体がさまざまな周波数帯で放射をばらまいているのだ。そのほぼすべてがハイパー放射だった。

通常の光学スクリーンでもゴロナクの地表のようすがはっきりわかるようになってきた。部分的に拡大してみると、ここでも金属処理のための重工業施設が消滅しているのがわかった。跡地には大型ドーム建造物がならんでいる。そのすべての内部に巨大な塔が見えた。

トスタンが画面を指さす。着陸機動はシントロニクスまかせだ。

「これをどう思う、キュウ公？　塔のことだが」

「高さ三千メートル以上のものもありますね」スヴォーン人が指摘する。「わたしなら、ハイパー送信機の出力を最大にするのに使います。無指向性アンテナでしょう」

「同感だ。ここではもう巨大宇宙船は建造していない。シングイソ星系全体が受信か送信のためのステーションになっているらしい。物質塊の転送にさいして重要な、あるいは決定的な役割をになっているのかもしれない。いずれにせよ、目印は必要だろう？　五百億個の星を異宇宙に向けて、狙いもつけずに射出するわけにはいかない」

「射出？」と、ポージー。大きな美しい目に、いつになく真剣な表情が窺《うかが》える。特徴的なしゃべり方も影をひそめていた。

「射出、発射、突入、なんだっていい。それが偶然うまくいかなかった。マン・グロはわれわれを手ひどく裏切ったんだ。われわれ、露見していないと思っていた。実際、かれは《ツナミ32》の修理にも文句をいわなかったしな。われわれはモルモットだったわけだ。これは古いテラの用語だから、なにも訊くな。わたしのような疑り深い人間なら、気づいていてもいいはずだった」

　ポージーは陰鬱《いんうつ》にちいさな手を合わせた。トスタンが笑いだしたので、ほっとした顔になる。

「ま、いい。向こうにその気がなくても、こっちには好都合だった。マン・グロの実験がなかったら、われわれ、いまだに記憶を追いもとめていたはず。このストレンジネス狂詩曲の時間差で襲ってくる波動を、無傷で乗りこえられるようになったんだ。何度も経験してなかったら、いまでも致命的な影響があったろう。転移がどんなふうに機能するのかマン・グロに説明させないとな。最後にはきっちり精算させてやるさ、かならず！」

「精算？　まったくもって理解できません」

「ビジネスはビジネスってことだ」トスタンは大きな笑みを浮かべた。「われわれを銀河の転移の実験に使ったんだから、そのメカニズムは認識してるはず。どうやってタルカン宇宙に行くのか、どんな物理現象に注意すべきか、なぜハウリ人は境界をこえてもストレンジネス・ショックを受けないのか、かれの説明が聞きたい。棒切れどもは好き勝手にＭ‐３３にあらわれてるからな。具体的な成果が必要なんだ。タルカンではまちがいなく、ペリー・ローダンが助けを待っているはずだから」

8

虎の王マン・グロは科学者というより軍人であり、戦略家だった。超光速エンジン・システム分野の高エネルギー技術者としての研鑽《けんさん》もおこたっていない。だが、かれの最優先目標は、死にゆく宇宙で自身の種族を滅亡から救うことだった。

ラトバー・トスタンはまた、マン・グロが強大な権力を持ったエリートの身分に属することも知っていた。

トスタンはカルタン人の故郷銀河で重要な地位を占める家系のことを考えた。そこで権力を握っているのは母系のグレート・ファミリーだった。

その話を聞いたとき、マン・グロは不快そうな声をあげたもの。

「遠征に失敗した論理的な帰結として、頽廃《たいはい》が生じたのだな。法と慣習にしたがって、正さなくてはならない」

「かれはカルタン人の母系支配を尊重しないんですね」ポージー・プースがいった。

「わたしの友、グアング・ダ＝ガードが聞いたら、怒って飛びかかりそうです」

「そして瞬時に敗《やぶ》れることになる」トスタンが驚くほど淡々と指摘する。「虎身分の権力者がどんな反応をしめすと思う？　種族から分離した女性たちに、髭を撫でさせることさえしないだろう。グアングのようなカルタン人は、ハンガイ銀河でだれが権力を持っているのかを学ぶ必要がある。きみはいつになったら現実主義に目ざめるんだ？」

　ポージーは陰気な顔で、虎の王のひきいる一団がうつっている画面を見つめた。眠っている者たちを調べに艦内にやってきた者たちだ。

「それだけじゃない」トスタンが皮肉っぽく先をつづける。「マン・グロがついでにトランスフォーム砲を見ていかなかったら、ロボットを食ってもいい。メタグラヴ・エンジンにも興味津々《きょうみしんしん》だろう。《ツナミ＝コルドバ》のちいさくなった赤道環をしげしげと眺めていたのに気づいたか？《ツナミ32》にはあったフィールド・ノズルの開口部がないことに気づいたんだ。しっかりしろ、スヴォーン人の戦士！　黄色と白黒の虎柄の詐欺師は、見たいものだけ見ていくだろう」

　こんな状況下で、乗艦していた虎の王が司令室に入ってきた。

＊

　マン・グロは同族よりも頭ひとつ背が高かった。制服のようなコンビネーションを着用していて、よく見るとそれは軽戦闘服だった。ダークグリーンの上着の胸には黄色い三角形の記章がきらめいている。〝第三の道〟のシンボルだ。携行している武器は大きく、重々しい。トスタンは虎の王がその武器のあつかいに習熟しているのを知っていた。

ポージーはシントロニクス操作盤の前の専用成型シートにすわっている。カルタン時間を換算する必要があったから。計算式は大型計算機が導出していた。また、かれはハンゴル語とカルタン語の翻訳にもとり組んでいる。語彙の収集は四四七年八月十九日の着陸時からはじまっていた。いまはもう八月二十日だ。

カルタン人たちは活発に議論していた。マン・グロの言葉は絶対だったが、すぐにいいなりになるという態度はだれもとっておらず、トスタンは満足をおぼえた。マン・グロは縞模様の体毛がある虎身分の管理者の、唯一の代表らしい。まちがいの許されない命令と気軽に口にする指示を明確に区別している。トスタンはかれが聡明な心理学者だと実感した。

「平文が入電」ポージーがいつになく簡潔に報告した。

いつものように部隊用の軽コンビネーションを着用し、さらに制式の武器を装備したトスタンがスヴォーン人に近づく。幅広のコンビベルトに武器を提げていないと、マン・グロから軽蔑の視線を向けられるのだ。遠征隊の堕落した子孫以外のカルタン人と対するときは、こうしたさまざまな些事《さじ》に注意が必要になる。ギャラクティカムの知る猫族は、素朴なまま高度に発展したハンガイ銀河のカルタン人とはかけはなれていた。

前かがみになっていたマン・グロが背筋をのばす。信じられないほどすばやく滑らかな動きだ。わざとらしいところがまったく見られない。

かれはあらためてアフロテラナーのロンベ・マッシモに目を向けた。マッシモはぜいぜいとあえぎながら、ストレンジネス・ショックに抗《あらが》っている。医療ロボットもその症状を除去できずにいた。もっとも強く影響を受けている五人のなかのひとりだ。

虎の王のブーツのソールがきしむように鳴った。トスタンが妙な音を発する。笑い声だったらしい。

かれは咳ばらいして、二メートル近い巨体の足もとを指さした。

「忠告に耳を貸さなかったようだな？　その音で命を落とすことになるかもしれないと、何度教えたと思う？　足音がしない床ばかりではないんだ。たとえば、ここでは音がする」

マン・グロは飛びかかろうとするような姿勢で動きをとめた。テラナーの感覚では、かれの歩き方はそう見えるのだ。実際にはふつうに歩いているだけなのだが。

琥珀色の猫の目が怒りに燃える。説教はされたくないが、歩く死体がたいてい正しいこともわかっていた。トスタンの考え方は独特で、マン・グロほどの見識があれば、それが利益をもたらすことが理解できる。

「きみの種族の船を襲うときは心にとどめておこう」その声にはいつもどおり、不機嫌そうなるような響きが混じっていた。ポージーはマン・グロに同行する指導的な立場の二十名ほどのカルタン人が、まったく興味のなさそうな顔をしていることに気づいた。

　かれらとほぼ同じ背丈だがからだの厚みはまったく異なるトスタンがふたたび咳ばらいをした。限度はわきまえている。立場に助けられてもいるが。

「もっとよく考えてから言葉にすべきだな」トスタンがしわがれ声で苦労しながらいう。「きみは銀河系住民の居住領域内に大質量の星々を転移させようとしていながら、われわれに悪意があった場合、なにをしようとするかをまったく考えていない」

「たとえば、なにをすると？」その態度は挑戦的だった。

　トスタンは入れ歯をむき出した。マン・グロは魅せられたようにそれを見つめている。かれは〝嫌悪〟という概念を知らないが、トスタンはまさにそれを体現していた。

「なにをするというんだ、毛なし？」

「きみの同族の数が減少している惑星がある。われわれをばかだと思っているのか？　善良で寛容ではあっても、無能ではない。このデータを見ろ。三度めの物質転移が期日からどれだけ遅れているか、すぐにわかる」

　カルタン人のプロジェクト・チーフは画面に目を向けた。数字やグラフは理解できないようだったので、シントロニクスが口頭で説明した。

「第三物質クオーター到着に関するデータ〝マン・グロ〟を解析。計画上の到着日は四四七年八月四日。きょう現在の標準時間で十六日の遅延。マン・グロによる予想到着日は四四七年十一月三十日。確度は百パーセント。以上！」

トスタンが内容を通訳する。ポージーがハンゴル語にした文書を出力した。

トスタンがフォリオをカルタン人に手わたす。

「これを見ればわかるだろう」かれはしずかにそう告げた。「きみの計画はうまくいっていない、わが強者。計算をまちがえたのはだれだ？　きみだろう？」

「わたしの計画ではない」と、マン・グロ。「所与のデータにしたがっただけだ」

トスタンはブラッフをしかけるギャンブラーの顔になった。猫族にはそれがわからない。ちがいが大きすぎるから。

「だったら計画のスタッフか、期日を決めた計算機のせいだな。超越知性体エスタルトゥはどういってるんだ？」

マン・グロのわけがわからないという顔を見て、トスタンは本能的に、かれの異人の友がなにも知らないらしいと直感した。

「〝エスタルトゥ〟とはなんだ？」と、カルタン人。

「そんな名前の新型巨大計算機を導入するといってなかったか？」トスタンはとぼけた。

マン・グロの前肢が宙を薙《な》ぎ、鋭い鉤爪が指先から飛び出した。軽蔑するようななり声が響く。

「とっくに廃棄された新型機のことか？　エスタルトゥという名前ではなかったが、勘ちがいでは？」

「そうかもしれない」トスタンが冷静に応じる。有機記憶バンクのなかにデータが解放され、意識の背景で数値や映像が認識できるようになった。かれはこれを網膜アウトプットと呼んでいる。

アンクラム星系の映像を見て、すぐに利用法を思いついた。情報収集に訪れたことがあったから。

「アンクラム星系の大型プロジェクトと混同したのかもしれない」と、考えこむように先をつづける。「あのとき、きみの招きで、あるプロジェクトが進行中の世界を訪れた。惑星の十八番めの衛星で、ツィムボン・ドリファアルと呼んでいたはず。あの星系は転移となにか関係があるのか？　あるとしたら、なにがうまくいかなかったんだ？」

「質問が多いな」と、マン・グロ。「なにがきみの興味を引いている？」

トスタンは成型シートの背にもたれ、指で虎の王の胸をつついた。

「わたしの興味はきみの、あるいはきみたちのまちがいを、できるだけ早く正すことにある。最初の二度の転移の結果、わたしの種族が住む惑星がいくつか、はげしい構造変動を受けて破壊されるにいたった」と、説得力に満ちた口調で嘘をつく。「われわれギャラクティカーにきみたちのぶしつけな侵入を許容しろというなら、せめてこれ以上のカタストロフィが起きないことを確約してもらいたい。そのためには、われわれがそちらの転移技術を知っておく必要がある。筋は通っていると思うが、虎の王？　それとも、わたしが質問を通じてデータを収集し、きみたちに奇襲をかけようとしているとでも思うのか？」

　マン・グロの口から熱い吐息が洩れた。虎の王がトスタンに近づく。

「考慮に値《あた》いする意見だ、毛なし！　きみたちの銀河がわたしの生活圏に転移してきたら、種族にどう説明すればいいか困っていただろう」

　トスタンが乾いた咳をする。

「そういうことだ！　だが、耐えるしかないんじゃないか？　よし、親友、わたしは情報が必要だ。たぶんわかっているだろうが、きみや転移してきた世界に艦隊をさし向けるのは完全に問題外だ。ハンガイ銀河の転移してきた部分は固有時間のなかにいる。どんな乗員を乗せられると思う？」

　かれはショックで眠ったままの者たちを指さし、次いで深層睡眠中の百五十名の乗員がうつっている画面をしめした。

「反論の余地はないな」マン・グロは全面的に同意した。「ああ、アンクラム星系は受け入れ部だ。転送はそことシングイソ星系のあいだで実行される。ただ、もっとも都合のいい時期を待つ必要があって、きみたちの暦の八月四日は過ぎてしまった。シングイソの大規模施設がないと、三度めに転移させる物質塊を次元の継ぎ目でうまく接合させることができない。繊細な調整が不可欠なのだ。説明はこれでいいか？」

トスタンは一言一句を記憶した。シントロニクスも同様だ。

「次元の継ぎ目？」テラナーがたずねる。「それはわれわれが観測した、ストレンジネス乱流とひどいハイパー嵐の線のことか？」

「タルカン宇宙に転移が可能な唯一のポイントだ。だから訊いたのだろう？　向こうにわたりたいのか？」

　おもしろがるように息を吐き出す音がした。笑い声のように聞こえるが、そうではない。トスタンはシートの背に預けていた背中をはなした。

「気がついたようだな、友よ。わたしは人類にとってはかりしれない価値を持つ、ある人物の行方を探している。この艦ほか数隻で向こうにわたるのを許可してもらえるか？安全かつ正確に、ハンガイ銀河のまだ向こうにのこっている部分に移動したい。どこに出ることになる？」

「アンクラム星系の近くだ。だが、きみの仲間の眠れる死者たちをどうやって助ける？疑り深いカルタン人艦長やヘクサメロンの預言者に対抗しながら、ひとりで行くつもりか？　ハウリ人はきみを憎み恐れているし、きみの武器の威力は絶大だが、それでも困難に直面するだろう」

「きみの支援があれば充分だ。行ってみればわかる、わが強者」トスタンは片手で相手の胸を押しやった。「われわれ、人類統一の立役者を探している。かれがどうやってきみたちの宇宙に行ったのかは悪魔のみぞ知るだが」

「悪魔？」マン・グロが不審そうに問いかえす。「以前もその名を口にしていたな。ま、いい。きみを支援しよう。だが、艦が転移渦に巻きこまれないよう気をつけろ。ひどいことになる可能性がある。どんなときに発生するのか、伝えられないのが残念だ」

トスタンはかれに背を向けた。縦長の瞳をそれ以上見ていられなかった。

マン・グロは思ったより事情を知らないようだ。現場作業員であって、それ以上のものではないのだろう。

「次元の継ぎ目を調べてもいいか？　利用可能なデータが必要だ」

「あすスタートしよう。どのみちその予定だった。ハウリ人はそれを物資の転送や、わたしには理解できないことに利用している。三度めの転送の遅れにもかれらが関わっているのかもしれない」

「それは大いに疑問だな、友よ」トスタンが考えながら応じる。「きみの戦闘艦の能力はあがったのか？　わたしは《ツナミ＝コルドバ》で乱流に近づきたくはない。ポージーが単独で操縦するから。かんたんなことじゃない」

「じつに驚くべき、注目すべきことだ」マン・グロが痩せこけたトスタンをあらためてまじまじと見つめる。「きみは招待客だ。きみがいないあいだに艦内に入ろうとする者などいない」

「それはご親切に」銀河ギャンブラーが皮肉っぽくいう。

「そうではない」と、マン・グロ。「用心のためだ。かけがえのない惑星ゴロナクが粉々になるのは見たくない。それとも、きみの武器にそれだけの威力がないとでも？」

「わたしのことをよく知っているな」トスタンは平然としていた。「《ツナミ＝コルドバ》が破壊されたら、きみたちも道連れだ。だが、そんなことはどちらも望んでいない。偉大なるマンモンにかけて、眠っている罪もない乗員たちがどう思うことか！」

マン・グロは人間のように笑うことができない。だが、ときおり声を交えてしゅうしゅうと息を吐き出すのは、テラナーの楽しそうな笑い声に相当するものといえた。

ポージーは不安を募らせながらこの会話を聞いていた。トスタンはあえて図々しくふるまい、それでもうまく切り抜けているようだ。ちびをなによりも困らせたのは、友のテラナーがあまりにも堂々と嘘をついたことだった！　銀河系の属する局部銀河群に、物質塊の出現で破壊された惑星などひとつも存在しない。

ギャンブラーはスヴォーン人のとがめるような視線を完全に無視した。

9

ラトバー・トスタンはエンジンの轟音に耳を澄ました。超高密度の質量を光速に近い速度で噴射して推力を得る原理だ。

実用性はテラの新型メタグラヴ・エンジンに劣っている。うるさいし、震動もはげしく、かさばるから。エンジンのインパルス集束自体が問題なのだ。トスタンはこうしたことから、カルタン人の技術力が低いことを見抜いていた。

暗黒空間精密回転装置の記憶バンクがテラのグラヴィトラフ貯蔵庫よりすぐれているという数カ月前のトスタンの予想は、どうやらまちがいだったらしい。じつは両システムの原理は同じなのだが、カルタン人の装置はテラナーの装置にあらゆる点で劣っていた。テラの装置は宇宙船がハイパー空間を移動するためのものだが、カルタン人のほうはリニア空間内を移動するさいのハイパートロップ・エネルギー供給しか想定していない。

防御兵器には非常にすぐれた改良型高エネルギー重層バリアがあり、攻撃用にはきわめて効率のいい熱線砲がある。散乱のない集束ビームはテラでも実現できていないものだ。じつに効果的な兵器だが、欠点はビームの放射に光速の限界があることだった。この欠点を補うため、カルタン人は精巧な自動照準システムを開発していた。これと超高速連射性能を組み合わせ、一連射ですくなくとも一発は確実に命中させることができる。

　ここでもトスタンはいくつか考えをめぐらせた。原理としてはトランスフォーム砲のほうがすぐれているが、命中は命中だ。重要なのはどうやって命中させたかではない。効果があればそれでかまわないはず。

　マン・グロは物量の投入を惜しまない。質の低さを量で補っている。トスタンから見れば疑問のあるやり方だが、部分的には優勢なハウリ人に対し、結果を出しているのも事実だった。

　かれらは百メートル級の重戦闘艦でスタートした。船体の左右に短めのエンジン・アウトリガーがあるので、形状は開いた扇を思わせる。トリマランタイプといってよく、トスタンが〝丸太〟で見た戦闘艦よりもすぐれているようだ。

　かれは最新のツナミ・スペシャル・セランを着用した。シントロン・バッテリーはシガ製の高性能マイクロ・ポジトロニクスの支援を受け、必要に応じて交換できる。この方式が採用されたのも、トスタンが〝ストレンジネス狂詩曲〟と命名した現象の結果だった。《バジス》の科学者たちはあらゆる種類の経験を総動員し、内部生命維持システム領域の通常のサイバー・ドクターを神経プシオン領域にまで拡張していた。この新型のツナミ・スペシャル・セラン……TSS……を着用していれば、ショックで麻痺しても、六カ月くらいなら渇きや飢えで死ぬことはない。ただ、そのため必然的に、背嚢《はいのう》が不恰好に大きくなってしまっていた。

トスタンにとってはなんでもない。六百年以上前にUSO部隊で採用していた戦闘コンビネーションの背嚢にくらべれば、まだずっとちいさいのだ。スヴォーン人は文句をいった。かれの特殊コンビネーションも、やはりすこしかさばるようになっていたから。

マン・グロの戦闘艦はシングイソ星系の惑星ゴロナクの貴重な技術装置に配慮して、低加速でスタートした。宇宙空間に出ると、驚いたことに二百隻もの同型戦闘艦があらわれ、肉薄してきた。

トスタンは悪態をつき、シートの背を倒して、なんらかの貫通弾で原子に分解されるのを待った。緩衝器の同期に問題があることは標準年で十五年前からわかっていたが、それまですっかり忘れていた。

マン・グロはしきりに歓声をあげている。横にすわった奇妙な友の不安はわかっていた。トスタンはポージー・プースをベルトにつけた特製の搬送容器に入れていたが、それで緊急時にスヴォーン人が防御されるわけではない。

トスタンは自分の怠惰を呪った。不注意といってもいい。古カルタン語を学んでおくべきだったのだ。時間は充分にあったのだから。

いずれにせよ、かれはカルタン人のヒュプノ学習装置が信用できず、《ツナミ32》にあった装置は破壊してしまったのだが。

「加速度は八百キロメートル毎秒毎秒プラスマイナス〇・五パーセント」TSSのシントロニクスが報告した。「かなりの大きさですが、手もとのエネルギー量ならさらに加速が可能です」

「だれかが質問したのか？」トスタンが気分を害したようにたずねる。「個人的にコンタクトするようプログラミングしたのはだれだ？」

「卓越した科学者たちです」シントロニクスが挑発するように答えた。すくなくとも、口調は挑発的だ。

「なるほど！　つまりわたしはきみにとって、大脳の一部がまちがって頭の外に出てしまった原始人ということか？」

「意見の表明はひかえようと思います、サー！」

「その呼びかけは無用だ！　マンモンにかけて、それ以上恥知らずなことをいうなら、その前にスイッチを切ってやる」

「その場合、予備のポジトロニクスでは処理能力不足であることを指摘しておきます。報告以上」

トスタンはシートの背をもとにもどした。すぐ左に虎の王の大きな頭があった。両目の上の白い毛が黒い縞のなかで目立っている。

「トラブルか、ギャンブラー?」低く深い声が響いた。「緩衝器は完動している。きみの助言が役にたった。同様に火器管制も変更してある。きみは《ナルガ・プウル》の戦闘艦しか知らないだろう?」

「たしかに」トスタンがスピーカーごしに答える。「だが、ハウリ人に破壊された輸送艦はかなり原始的に見えた」

「乗員がロボットだけの旧型艦だ。リレー経路の保守だけを任務としている」

トスタンがあっけにとられることはめったにないが、今回はそうなった。

「つまり、ハウリ人はわたしをロボットの艦長だと誤認したのか? 友よ、そうと知っていれば……」

「……きみはハウリ人を攻撃したりせず、回避していただろう」虎の王があとを引きとる。「わたしの考察の意味を理解するべきだったし、いまもそのとおりだ。すぐに警告することもできた。ロボット輸送艦とはつねにコンタクトしていたから。われわれとしては、きみの武器の性能に興味があった。映像はロボット・ゾンデが記録している。測定装置の表示の意味を解明できるか?」

かれは半円形の制御卓を指さした。カルタン人の司令室要員が壁沿いの司令スタンドにならんでいる。中央司令室は大きな本体の艦首に位置していた。

「もちろんできない」虎の王にブラッフは無意味だ。「きみが不作法にも、データをハンゴル語に翻訳させなかったからな」

「こうなるとは思わなかったのだ」マン・グロがおもしろがるようにいう。「じつに遺憾だ。きみにはわれわれの技術がどれだけ進歩したかを見せたかったのだが。きみたちの言語では、事物や知識の交換のことをなんというんだ？」

トスタンは耳をそばだてた。ポージーがなにかさえずっているが、最大出力のエンジンの騒音で聞きとれない。

「いい取引か、悪い取引か。最上級は違法な取引だ。いちばん金になるが、そのせいで罰せられることになる。きみもすこしは目端《めはし》が利くようになったか？」

マン・グロは長らくそんな口の利き方をされたことがなかった。それがかれのメンタリティに響いたようだ。

「では、違法な取引をしよう。あらたに開発したこちらの技術と、きみの超光速人工太陽砲の交換だ」

銀河ギャンブラーは水を得た魚だった。ポージーが恐る恐る、それは政府間で結ぶような契約だと指摘する。トスタンが拒否すると、ＴＳＳのシントロニクスが咳ばらいのような音を立てた。

「提案は保留します」と、シントロニクス。「交換のために準備した技術設備を廃棄するかもしれません」

「きみはほんとうにわたしのメンタリティに合うようにプログラミングされているな」

トスタンがつぶやく。「待て！　大スクリーン上でちらちらしているのはなんだ？」

「秤動《ひょうどう》ゾーンです。二秒前から超光速飛行にうつっています。リニア・エンジンの性能はこの艦のほうがすぐれています」

トスタンはＴＳＳの頸の部分を調整した。エンジンの轟音がささやき程度までちいさくなる。四次元と五次元のあいだのせまい転移セクターにいても、通常空間の映像は完璧だった。さまざまな追跡データも入ってくる。どれもトスタンが興味をしめすようなものではなかったが。

かれとマン・グロの言葉の応酬が事実をおおいかくしていた。マン・グロは自分がほとんどなにも知らないことを知っていて、友のトスタンもそのことを知っている。結果として、状況は冒険的とさえいえた。

一方で、カルタン人はマン・グロの指導によってハイパー技術の奇蹟を実現させた。他方、それができたのは未知の助力者のおかげだということは、だれもが知らないままだ。

アンクラム星系はシングイソ星系にいたるための目印で、ハンガイ＝メエコラーに存在している。それが受け入れを調整しないかぎり、まだ到着していないふたつのハンガイ・クオーターの転移は不可能だ。

思考力のある生命体なら当然疑問に思うのは、最初のクオーターをどうやって転移させたかだ！　シングイソ星系は第一クオーターのなかに存在していたのだから。だれが、あるいはなにが、局部銀河群の虚空の狙ったポジションに星々を転移させたのか？

トスタンは気を利かせて、毛深い友にそのことをたずねなかった。相手の動揺を感じとったから。マン・グロはその種の重要な事実を等閑視できる性格ではない。それはかれを苦しめることになるだろう。

期待していた超越知性体エスタルトゥに関する情報も得られなかった。エスタルトゥという言葉を聞いたこともないらしい。トスタンは自分の見こみちがいだったと考えた。それでも転移を重ねることでショックに耐性ができることは証明できたといえるだろう。マン・グロは協力的で、いわゆる〝次元の継ぎ目〟の未解明の秘密をいっしょに暴《あば》こうとしている。当面、わかることはこれでぜんぶだろう。ハウリ人はいまのところ放置しておいてかまわないが、ハンガイ銀河のミイラじみた種族の危険性はトスタンも本能的に察知していた。ただ、かれらについてもマン・グロから満足できる話は聞き出せなかった。

ＴＳＳシントロニクスがトスタンの思いを破った。

「シンボルの解読が進行中。トランスレーターはカルタン語のあらたな概念を収集しつづけています。《ツナミ＝コルドバ》の大型シントロニクスへの移管を推奨します」

「移管先はポジトロニクスだ！　きみときみの兄貴は次のストレンジネス転移でへばってしまうだろうから。記憶バンクの消去を防ぐ方法をなにか考えろ。すでに充分な経験を積んだはずだ。遮蔽《しゃへい》性を向上させられるはず。気をつけろ、アインシュタイン空間に復帰するぞ。探知はどうなっている？　あれは異宇宙船か？」

「基本情報が不足。評価できません」

　ポージーがトスタンのコンビネーションをよじ登り、膝の上で寛いだ。エンジンの轟音が再開する。戦闘艦は急激な制動機動に入っていた。ポージーがトスタンのＴＳＳと回線をつないで、ようやくその声が聞きとれるようになった。

「虎の王は手はじめに自分の力をしめしたわけです。まったくもって恐ろしい。たまたまいまの地位に就いたわけじゃないってことです」

　それはテラナーにもわかっていた。いまいるのは星々が蝟集《いしゅう》した銀河中心部で、その銀河は半分が欠けているため、断ち切られたように見える。空間的な距離は意味を失っていた。座標が不正確で、修正が必要だったから。

　マン・グロはとっくに座標の修正を終えていたらしく、銀河内で恒星間のポジションを正しく把握して航行していた。

トスタンがそれについてたずねる前に、カルタン人の声がスピーカーから響いた。秘密にする気などなかったようだ。

「次元の継ぎ目まで、あとほんの一光年だ。斥候によると、三つの恒星がかたまったよく目立つ星の配置があり、ハウリ人の転移点はその中心にあるという。大型輸送艦をふくむ多数の部隊がよくそこに集結し、混沌の無の奥に集団で消えていくそうだ。きみもヘクサメロンの預言者がなにを考えているのか知りたいはず！　ここからきみの銀河であるＭ‐３３に向かうことも考えられる。いまは大型輸送艦五隻をふくむ十八隻が集まっている」

　トスタンは返事をしなかった。コンピュータの映像を見ればわかるから。既知のタイプのハウリ艦には艦種が表示されているが、それ以外にもかなり大型の艦が混じっている。本体の形状を見れば使用目的も見当がついた。

　不恰好なシリンダー形で、中央部分がくびれ、艦首側が太くなっている。

「サイズを比較しました」シントロン・バッテリーが報告した。「全長千二百メートル、最大直径四百メートル。艦首と艦尾の比率は一対三。典型的な大量輸送艦で、既知の艦種の戦闘艦に護衛されています」

　別スクリーンに攻撃しているカルタン人の戦闘艦が表示された。いくつかの恒星のあいだから発砲しているようで、恒星間の距離は近いものだと三光月ほどしかない。

トスタンは与圧ヘルメットをスライドさせ、自給機能を作動させた。

カルタン人の戦闘艦が攻撃にうつり、砲塔から熱線が発射された。発射速度はテラナーの記憶にあるよりも速い。

トスタンはマン・グロの名前を叫んだ。相手は気づきもしない。ハウリ艦が次々に爆発する。防御バリアは正確な調整で細く集束した熱線の一点射撃でたちまち突破された。

輸送艦は逃走しようとしたが、速度をあげる前に同じように原子の炎と化した。

そのわずか四分後、特徴的な三つの恒星がやや体積を増したように見えた。個々の爆発で生じる原子の炎がひろがって楕円体のガスの雲となる。そのなかでは核反応がつづいていた。

二百隻の戦闘艦が消え失せる。信じられないほどすばやかった。マン・グロの艦も急激な回避機動にうつり、人工太陽の外層を突破し、ブルーの恒星に向かった。

エンジン音が痛いほど大きくなる。船体がはげしく震動し、司令室の乗員を責めさいなんだ。強力なエンジンの欠点が不安なほどはっきりと理解できる。外殻にどれだけの負荷がかかっているか、トスタンにはよくわかった。

轟音がおさまり、戦闘艦がブルーの恒星の危険領域から離脱すると、ようやくまた通信連絡が可能になった。トスタンが艦内通信でマン・グロに呼びかける。

「じつに英雄的だな、わが強者！」と、憤然とした口調でいう。「いつも警告なしで攻撃するのか？　わたしはよろこんで輸送艦を操縦不能にし、乗員を麻痺させ、突入部隊にくわわるつもりだった。輸送艦はなにを運んでいたんだ？　わたしの銀河の住民の生活圏に、なにを運びこもうとしていた？　教えてもらえるかな？」

マン・グロはハーネスをゆるめ、上体をねじった。大きな口が半開きになる。

「突入する？　ハウリ人の輸送艦に？　すくなくとも十回は試みたとも、テラナー！　その十回とも、わたしの戦士は全滅した。ハウリ人やその自動装置が艦を自爆させたから」

トスタンは落胆した。知識を得る機会が失われたのだ。だが、そうもいっていられない。

かれはＴＳＳを停止させ、気圧が均衡するのを待ってヘルメットを頸の部分に収納した。立ちあがり、虎の王に近づく。

「かれらはいつから自爆するようになったんだ？　きみの故郷で出会ったかれらは自爆など考えもせず、最後まで戦いつづけた。死ぬときでさえ歓声をあげながら死んでいったもの。ここでハウリ人のために活動している者たちは、ハウリ人とはべつの種族なのか？」

「原理的には同じように危険だが、行動様式にちがいがある。きみを感心させるために攻撃を命じたとでも思っているのか？」

トスタンは奥まった目でかれを見つめた。

「きみの処置を批判するのはわたしの役目ではない。ここはきみの場所だしな。善悪の概念はいずれにせよ、そのときどきの目的との整合性で解釈されるべきものだろう。きみは十八隻のハウリ人戦闘艦の乗員を排除した。それが目的に適っているなら、きみにとっては善行だ」

「きみの話にはついていけないな」マン・グロが不機嫌な顔でいう。「もうかれらを恐れる必要はない。なにがいいたいのだ？　そろそろリニア空間に遷移する。自分が興味を持つべきものはなんなのか、よく考えるべきだ。われわれの新しい目標捕捉システムをどう思う？　超連射性能は？」

「輝くばかりに印象的だ」トスタンが皮肉っぽくいう。「われわれ……」

かれは言葉を切り、大型スクリーンに目をうつした。戦闘艦はすでに通常空間に復帰していた。

「死のゾーンだ」マン・グロは前方を指さした。「だが、秩序がある。まだ到着していないふたつのハンガイ・クオーターは、すでに到着しているふたつと正確に接合する。星座のかたちが変わったりといった異状は生じない」

「だれが操作しているんだ？」トスタンがしずかにたずねた。「友よ、宇宙のすべてにかけて、だれがそれほどの力を持ち、そんなことを可能にしている？」

虎の王は人間のようなしぐさを見せた。肩をすくめたのだ。その表情がすべてを物語っていた。知らないということ。

低速で航行する戦闘艦の艦首の前方で、まるでほかの部分から巨大なナイフで切りとられたかのように、銀河中心部の鬼火のような恒星の光がいきなり消滅した。闇が波打っているように見えるが、それは錯覚だろう。

三本の円錐が連なる艦尾の先に銀河の星の海がきらめいている。それは明らかに、この局部銀河群のほかの銀河とは異なっていた。

前方でストレンジネス・バリアの乱流ゾーンがはじまる。外殻の内側にくらべ、はっきりと放射が強くなっていた。観測装置が爆発的なハイパーシャワーの花火をとらえている。圧倒的な闇のなかはなんとも陰気で、局部銀河群内の隣接する銀河の明るい光さえ見えない。本来ならこのポジションから見えるはずの光も、すべて吸収されてしまっている。

「ほぼぜんぶが爆発的な、とてつもないハイパーシャワーです」と、ＴＳＳシントロニクス。

「そこを通過するんだぞ、友よ」マン・グロが慎重に警告した。「次元の継ぎ目はどの座標点で通過してもいい。きみときみの仲間はできるだけ助けたいが、アンクラム星系に到着したとき、艦内にいるのはまだ生きている死者だけだろう」

「まあ、待て」トスタンがのんびりした口調でいう。「なにか思いつくかもしれない。わたしがもどってから、眠っている百五十名とアクティヴ乗員でバリアを突破して、その後の反応を見る。《ツナミ＝コルドバ》まで送ってくれないか？　わたしの任務は終了だ」

戦闘艦は速度をあげ、通常空間で短時間加速したあと短距離リニア・ジャンプにうつった。左に半銀河の星々、右に暗黒の無を見ながら。トスタンの本能が警告を発する。だが、マン・グロがすぐにかれをおちつかせた。

ふたたびスクリーンを指さす。いきなり百隻を超える奇妙なかたちの宇宙船が出現した。どうやらマン・グロはかれらのポジションを知っていて、標的にしていたようだ。

「転移のさい、予期せずついてきてしまうものがあるのだ。それを見てもらいたかった。あれはロボットが操縦するロボット船で、われわれは〝ダルカンの迷子〟と呼んでいる。主人はおらず、目的地もなく、ただ宇宙をさまよっているだけだ。ときおり、ロボットがポジトロニクス知性を失って、謎めいた〝自爆〟を起こす。ハウリ人がロボットに、自殺をうながすインパルスを送っているのではないかと疑っている」

トスタンはどうでもよさそうに肩をすくめた。

あらためて自分の艦にもどりたいと告げる。すでにわかっていること以外、なにも判明しそうにないから。

カルタン人は探るような目でテラナーを見つめた。猫に似た瞳が大きくなっている。

「自爆をくりかえすタルカンの迷子は、きみにとって重要なものではないということか？　きみの上官はロボットについて報告を受けていないのか？」

「だれが報告するんだ？　わたしとポージー以外、きみとここにきた者はいないし、わたしはあんな奇妙な存在と出会ったことはない。あらたな艦を建造するため、きみはわたしのことを徹底的にかくしていたしな、親友」

「きみは好奇心が強い。いいだろう、ゴロナクに連れて帰ろう。スタートする前に、超光速人工太陽砲を見せてもらえるか？」

「見せる？」ギャンブラーは上品に咳きこんだ。「もちろんだ！　じつに印象的だぞ」

「そうではない。〝見せてもらう〟のは設計図だ。毛なし、きみをアリーナ戦に引っ張り出して、賭けをしたい。勝者は敗者の秘密を知ることができる」

「わたしの肉体はストレンジネス・ショックのせいでひどいことになっている。半死半生の相手に襲いかかろうとは思わないだろう、わが強者！」

マン・グロは思わず鉤爪をむき出していた。うなるような声で命令し、戦闘艦の速度をあげさせる。

トスタンは緩衝シートにもどった。カルタン人との交渉は難航するかもしれなかった。

10

カルタン人の護衛戦闘艦の艦長がハンガイ銀河の共通語で連絡してきた。

「タルフ・マスからマン・グロの名誉ある戦友へ……わたしの任務は終了した。このあとも護衛を希望するなら、いつでもそうする用意がある」

ポージー・プースが大笑いした。銀毛の猫の言葉のせいではなく、ラトバー・トスタンが見せた表情のせいだ。

「いいかげんにしてくれ」ギャンブラーが文句をいう。「護衛だと！　連中の頭にあるのはメタグラヴ・エンジンの放射を分析することだけだ」

かれはヴィジフォン回線のスイッチを入れ、片手をあげて挨拶した。

「ギャンブラーのトスタンは名誉ある護衛にあたったカルタン人の全戦士に感謝している。マン・グロが寛大に開示してくれた座標はすばらしく、かんたんに方角を見定めることができた。タルフ・マスの安全な帰郷といい狩りを願っている。きみたちが次元の継ぎ目近くのハウリ人の集合ポイントを今後も監視してくれるとありがたい。かれらがどんなものをわたしの生活圏に持ちこんでいるか、興味があるから」

「輸送艦の拿捕《だほ》を試みよう」タルフ・マスが約束した。

さらにしばらく社交辞令をかわしたあと、かれは五十隻の重戦闘艦とともに撤退していった。トスタンは超光速探知画面でそのようすを見送った。

シングイソ星系が無数の光源のなかのちいさな光点となって見えてくる。

ポージーが明るい歌声を響かせ、ほっとしたように四つの手を打ち鳴らした。

「まったくもって肩の荷がおりた気分です、大きな友」

「楽観的だな！　わたしはストレンジネス境界ぎりぎりに到達するまで安心できない。シントロニクス、マン・グロから得た座標と独自の測定の比較はどうなっている？」

「完璧です。わたしの測定との些々たる誤差は環境の差異に起因するものでしょう。マン・グロのデータはとりこんで、補正に援用します」

トスタンはグラヴィトラフ貯蔵庫の容量表示に目を向けた。線が左に下がって、かなり細くなっている。

「グリゴロフ機動にそなえろ。距離五百光年。遷移して、方角を決め、貯蔵庫を満たす。実行」

「どうしていますぐ充填しないんです？」ポージーが不安そうにたずねた。「もうほとんどからっぽですよ」

「ハウリ人が多すぎて気にいらない。連中、シングイソ星系に群がってる。行くぞ！」

赤道環に設置されたグリゴロフ・プロジェクターが作動する。転換機の音はこのマシン特有のものだが、カルタン艦のエンジン音にくらべればほとんど気にならなかった。《ツナミ＝コルドバ》の球形セルが、効果サークル内に独自の小宇宙を形成するグリゴロフ層につつまれた。同時に艦の上極のはるか上方に疑似ブラックホールが発生し、正確なベクトルでツナミ艦をハイパー空間に遷移させた。そこではアインシュタイン空間の法則はすべて通用しなくなる。

二十分ほどおだやかに航行し、メタグラヴ・ヴォーテックスの消滅で艦は通常空間に復帰した。遷移後の速度は光速の十パーセントにまで落ちている。

シントロニクスが観測データをもとに現在ポジションを確認。ぴったり狙いどおりだった。特徴的な二重恒星が右前方に見えているのでまちがいない。

トスタンはふたつのグラヴィトラフ貯蔵庫への注入を開始する前に、全面戦闘態勢を命じた。

注入機動中のメタグラヴ船は探知されやすく、かんたんに損傷してしまうから。またハイパートロップで吸いあげられるハイパーエネルギーの乱流は、独自探知と標的の把握を困難にする。

ほぼ空になった貯蔵庫の充塡には十七分かかった。トスタンは《ツナミ＝コルドバ》

を加速させ、再度上位空間に遷移した。

今回の飛行では活発化したストレンジネス放射の境界ぎりぎりまで迫ることになる。遷移機動が終わると星々がきらめくハンガイ＝メエコラー銀河がまたしてもいきなり消え失せた。ハイパー走査機が乱流ゾーンの不気味な光を表示する。

スクリーン上には非現実的な空間構造の荒涼とした闇があるばかりだ。艦から半光年ほどのところで、禍々しいショック攻撃をしかけてくる死の領域がはじまっていた。

シングイソ星系での長い滞在をへて、日付は四四七年八月二十九日になっている。標準時とは多少ずれている可能性もあるが、いまのところは検証できない。

トスタンとポージーは深層睡眠中の百五十名と司令室要員五名の生命維持システムをもう一度チェックした。《コルドバ》でショックを経験している三人は多少ともましな状態にあるはず。

やはりいちばん深刻なのはロンベ・マッシモだった。ロドニナ・コスナトロワとアアロン・シルヴァーマンとアリ・ベン・マフルは安定したプシオン神経放射曲線をしめしている。小型の伝令船《コルドバ》での経験は、不気味な力をうまく吸収するのに役だっているようだった。

トスタンは時間をかけた。この領域では、ツナミ艦がハウリ人に襲われる心配はないも同然だ。だが、その後の処置は慎重に考えなくてはならない。

なによりも重要なのは、あらたなデータや経験をポジトロニクスの記憶バンクにうつすことだった。ハイパー計算機のプログラミングやデータは今回も失われるだろうから、ポジトロニクスにたよるしかない。苦労して得た成果を失うのはカタストロフィに等しかった。

必要な制御のフィードと重要システムすべての再チェックには八月二十九日の夕刻までかかった。そのあとトスタンはようやく行動にうつった。

＊

痩せこけたテラナーは神経医療の拷問じみた事前準備をもう一度受けるのを拒否した。司令室の奥にあるかれの医療シートはからっぽのままだ。

かれは一見のんびりと成型シートの上で寛いでいた。ポージーも大きな友の態度にならって、文句をいう気はなさそうだ。

艦の奥ではジェネレーター・システムが全力で動作して……いつでも過負荷をかけられるようにしている。

ポジトロニクス計算機の論理ネットワークは念のためケーブル接続に切り替えてあった。可能性は低いものの、エネルギー供給をになっているフィールド導体ネットが決定的な瞬間に故障するかもしれない。トスタンは〝外〟で待つ友たちに予定を上まわる結果をもたらしたかった。

なにもうつっていないいくつもの画面に目を向ける。《ツナミ＝コルドバ》は一分前に最後のグリゴロフ航程を終え、いまは光速の九十パーセントでストレンジネス・バリアに突進していた。ポージーは適切な転移ポイントが見つかるのを願っていた。できるかぎり《バジス》に近いポジションに出現したい。

トスタンはハーネスがしっかり締まっていることを確認し、シートの背をすこしうしろにずらした。震動がくることはわかっている。かれはポージーの成型シートにも視線を向けた。

「まだ医療シートにうつる時間はあるぞ、キュウ公」

「わたしは環境適応スヴォーン人戦士です」やや憐れっぽい声で返事があった。「一Gの重力に軽々と耐え、二百名の息子たちを驚かせることができる。ここで充分です」

トスタンはうなずいた。本能的に、今回は事前準備なしで行けると感じたから。耐性理論が正しいのかどうか、この五回めのストレンジネス通過で証明できるだろう。

「とてもつらいかもしれないぞ、スヴォーン人戦士」と、あらためて警告する。「ストレンジネス狂詩曲が聞こえたらさいわいだ。それが必殺の一撃にしか感じられなかったら、きみはまだ存在しない息子たち並みに無力になる。セルが震動しはじめたな」

「中央ポジトロニクスです」計算機が報告した。「シントロニクスは停止し、一時的にバリアで防護されています。艦はストレンジネス前駆乱流に突入。通過は予想よりも早まりそうです」

トスタンは今回、光速に近い速度でバリアに突入し、グラヴィトラフ貯蔵庫のエネルギー消費が増えるか減るかを検証するつもりだった。生命に敵対的なこの空間で、さらに知識を得るための最後のチャンスだ。

ショックは例によって唐突に訪れた。ポージーの悲鳴が、まるで吸音室のなかにいるかのように消えていく。トスタンはくぐもった騒音を聞き、頭蓋内の圧力が徐々に高まるのを感じた。予想していたような痛みはない。視野もそのままで、かれははじめてバリア通過中に全周スクリーンを見ることができた。

そこには数十億の星々が渦巻いているようだった。色彩の洪水が襲いかかってきたが、無意識下で予想していた痛みは起きない。セルの震動が急にやんだ。

トスタンは数秒待って、かぶりを振った。圧迫感が和らいできていた。

「前駆乱流を抜けましたか？」ポージーがテレカムでたずねる。「ああ、いや、だったらもう目の前ってことです！」

「通過した！」トスタンの叫び声が聞こえた。興奮とかぎりない安堵に満ちたその声も、やはり衰えた声帯が出すしわがれ声でしかない。「キュウ公、もうこれでぜんぶだ！

前方に局部銀河群の銀河がきらめいている。通過したんだ！」

ポジトロニクスからもすぐに報告があった。艦内はすべて順調だ。グラヴィトラフ貯蔵庫のエネルギー損失はハンガイ銀河に転移したときよりもすくなかった。ジャンプは通常空間から高速で実行したほうがいいということ。超光速領域での検証はあえてしていなかった。それは今後の遠征の課題だ。

かれはシートから立ちあがり、歩行の安定性を慎重にたしかめながら、アクティヴ乗員の医療シートに向かった。

マッシモのあえぎはやんでいた。アダム・ピッテンブルクの蒼白だった顔には赤みがさし、もと《コルドバ》乗員もほかの者たちと同様だった。

ロドニナはもう目を開いていた。なかば目ざめているようで、意識がもどるとき特有の痛みに悲鳴をあげている。

トスタンは通過耐性理論が仮説から一段階先に進んだことを確信した。人間の脳はくりかえしストレンジネス波動にさらされることで、ショック耐性を獲得すると考えていい。

シルヴァーマンとベン・マフルも身動きしはじめた。トスタンはかれらのうめきに一瞬も気をとられることなく、苦痛にゆがむ顔をほとんどいつくしむように見おろした。

「やはりこうなったな、模範例たち。死ぬことはない。ポージー、気分はどうだ？」

「まったくもって無気力で、疲れきって、なんとも……」

「明確な発言をもとめる」ふたたびスキッパーとなった男がいった。「そのたわごとはなんだ？」

「《バジス》に連絡してください」ポジトロニクスがいった。今回は問題なく機能している。シントロニクス計算機はやはり障害を受け、停止していた。

トスタンは制御卓に急いだ。指先がキイをたたく。

大型画面に銀髪の男の特徴的な顔がうつし出された。トスタンは予定していた陽気な挨拶も忘れ、唖然としてその顔を見つめた。

「お帰り、《ツナミ＝コルドバ》」よく知っている声が聞こえた。「だれかこれを聞いて、理解できている者はいるかな？」

「見えてもいます」トスタンが応じた。「耐性がつきました。今回のショックはゼロです。大いなるマンモン、なんという歓迎でしょう！　まさかあなたが出てくるとは。いつ到着したんです、大提督？」

アトランは手振りで挨拶を返した。真剣な表情は崩さない。

「大提督というのは忘れろ。八月はじめにエスタルトゥから局部銀河群にもどってきた。きょうは八月三十日だ。そちらの艦内時間と合っているか？　十五時をすこしまわったところだ」

「日付は合っています。こちらの時刻は十二時六分です。経験の大きさにくらべれば、たいした差異ではありません」

「わたしからも話すことがたくさんある。耐性理論は根拠があると考えていいのか？」

トスタンは数世紀前まで最高位の上官だった男の映像をじっと見つめた。かれらは人類の幸福のためともに戦い、多くの危機的状況を肩をならべて乗りこえてきた。

「再会を祝さなくてはなりませんね」と、思いを口にする。「耐性がつくことは証明できました。アクティヴ乗員はすでに三名が目ざめています。深層睡眠の被験者はまだ活動できませんが、医学的な数値は最初の通過後としてはかなり良好です。マン・グロからも挨拶を送ります」

アトランは顔をしかめたが、トスタンが笑った意味は正しく把握していた。重要な知見を持ち帰ったということ。

「虎の王の名前です。転移任務のチーフで、われわれをタルカン宇宙に転移させる準備もできています。報告を聞いたら、きっとびっくりしますよ。まずはショックによる記憶喪失の問題を解決すべきでしょう。それとも、捜索遠征の準備が進んでいるというのは、わたしの思いちがいでしょうか？」

「いや、きみが思っているとおりだ」アルコン人がちいさな笑みを見せていう。「これでショックを克服する方法が見つかるだろう。見通しは悪くない。だが、その話はあとだ。記憶はもどったんだな？」

「完全に。あなたの計画に驚かされるのは好きですよ。われわれ、すでに到着したふたつのハンガイ・クオーターを調査しました。座標は正しく、そのまま使えます。第三のクオーターは四四七年八月四日に到着予定でしたが、大きな失敗があったらしく、マン・グロは期日を十一月三十日に延期しました。だれがそれを計算したのか、かれは知りません。思うに、これは大きな発見です。それでもカルタン人は、かれらのいう〝次元の継ぎ目〟をわれわれが克服するのに手を貸してくれます。われわれはタルカン宇宙のアンクラム星系に出現することになります。そこは同時に、こちらにあるシングィソ星系の調整用受け入れ部でもあります。もっと報告しますか？　それとも、尊敬すべき細胞活性装置保持者にはもう充分ですか？」

「〝老人〟といわなかったのは幸運だったな」アトランが脅すようにいう。明らかに興奮しているようだ。「もちろん、充分だ。きみはティフラーが期待した以上の成果をあげた。かれはいま、ここにいる。話がしたいか？」

「尊敬すべき詐欺師ふたりと一度に話をするなんて、わたしの疲れた心には負担が大きすぎます」ギャンブラーはそういって断った。「まじめな話、アトラン、わたしはもうくたくたです。なのに、まだ《バジス》までのジャンプもある。あなたは追加乗員の確保をまちがいなく考えていたはずですが、もう忘れてしまったんでしょう」

　アトランは息をのんだ。ジュリアン・ティフラーはひそかに笑っている。

「かれはなにも変わっていないな」と、アルコン人。「だが、たしかにそのとおりだ。いいだろう、きみは基幹乗員なしで到着した。シントロニクスが正常に作動したということ」

「いいえ。またしても完全に作動不能です。それも想定内ですが。ポジトロニクスがなければ行き詰まっていたでしょう」

「それを回避する方法もわかるはず」アルコン人はいささかひとりよがりがすぎるようだとトスタンは思った。

　通信を切り、最後の超光速機動の準備にとりかかる。

　ポージーはそっけない態度だ。

「どうかしたか、キュウ公？」かれが声をかけると、スヴォーン人は顔をあげた。

「いえいえ、すべて順調です。ただ、もっと楽しいことを期待していました。あるいは、大々的な賞讃を」

　トスタンは笑みを浮かべた。ポジトロニクスが準備完了を告げる。

「キュウ公、アルコン人は歴史の早い時期にテラナーから分かれた種族だ。なにが期待できると思う？

われわれの任務の目的は以前もいまもはっきりしてる。昔はすぐれた活躍には勲章が授与された。いまは右手を振ってもらえる。左利きなら左手だ！　実際、わたしは手を振ってもらうくらいのほうがいい。きみはいつになったら現実主義に目ざめるんだ？」

全知者たちの暴走

マリアンネ・シドウ

登場人物

ニッキ・フリッケル……………三角座銀河情報局（ＰＩＧ）チーフ
ポエル・アルカウン……………同要員。テフローダー。盗聴能力者
グッキー…………………………ネズミ＝ビーバー
スー・エル＝キョン……………カルタン人。エスパー学校のもと生徒
オーグ・アト・タルカン………同。初代パニシュ・パニシャ
ダオ・リン
メイハオ・ヴィル } ……………同。全知者
ナナ・ベア
シュ・ハン＝ヘイ………………同。惑星カルタンの高位女性

1

ダオ・リン＝ヘイにはだれが警報を鳴らしたのかわからなかったが、いまや警報はスコ＝タ＝ミング内に鳴り響き、どれだけ想像力を駆使しても、なんでもないと無視することはできなくなっていた。彼女はキャビンを飛び出し、手近なコーナーに駆けよって、そこにある装置に問いかけた。

警報の出どころはメイハオ・ヴィル＝ヴォイカのキャビンだった。すでに二体のロボットが応急処置に向かっていて、オーグ・アト・タルカンも明らかに、全知者になにがあったのか知りたがっている。ヴォイカのほかの者たちの反応は鈍かった。

ダオ・リンは気にせず、足を速めた。

メイハオ・ヴィルは高齢で、タルカニウムの崩壊にひどく心を痛めていた。もっとも被害が大きかった部署に所属していたのだ。そのため虚脱して、長いあいだヴォイカの協議の場にも参加できなかった。それでもダオ・リンが数時間前にスコ＝タ＝ミングで会ったときは、もう回復しているように見えた。メイハオ・ヴィルはそのまま自分のキャビンに向かった。小箱を……パラ露を……持っていて、比較的元気そうなようすだった。

キャビンのハッチは開いていた。なかをのぞいたダオ・リンは驚倒した。メイハオ・ヴィルが床に倒れている。しかも倒れるとき、パラ露の箱を持ったままだったようだ。箱の口が開き、〝ヌジャラの涙〟がこぼれ落ちて、きらめく山になっている。メイハオ・ヴィルはその山をつつみこむように両手をのばしていた……パラ露を守ろうとしたのか、しずくにかくされた力をいっきに吸収しようとしたのかはわからない。

「気はたしかか？」ダオ・リンは恐怖の声をあげたが、相手には聞こえていないようだ。メイハオ・ヴィルは両手をヌジャラの涙のなかに埋め、ガラスのしずくのようなそれをかき集めながら、なにかぶつぶつとつぶやいている。

ロボットが到着した。

「彼女の治療を！」ダオ・リンはそう命じながら箱を手にとり、慎重に中身をもとにもどしはじめた。

「だめ！」メイハオ・ヴィルが叫んだ。「わたしにちょうだい！　必要なの！　ぜんぶ必要なの！」

「だいじょうぶ」ダオ・リンがなだめるように声をかける。「でも、一度に使ってはだめ。どんなに危険か、わかっているだろ」

「ぜんぶ必要なの！」メイハオ・ヴィルが強情にくりかえす。年老いたか細い声にはヒステリーの気味が感じられた。

「もちろん、ぜんぶ必要だ」と、ダオ・リン。「ほら、片手いっぱいある。手にとって」

だがメイハオ・ヴィルは荒々しくしずくを手にとると、さらに手をのばした。

「出ていって！　ほうっておいて！」と、大声で叫ぶ。

二体のロボットは相反する命令を受けて立ちつくしていた。ダオ・リン自身、一瞬、なにをすればいいのかわからなくなる。頭にあったのはパラ露の過剰摂取で生じる狂気、プシ錯乱だ。たいていの全知者は少量のパラ露をキャビンに常備している。メイハオ・ヴィルがどれだけの量のパラ露を使用したのかはだれにもわからない。

ダオ・リンはついに決断した。彼女はほかの全知者たちよりも若く、力が強い。メイハオ・ヴィルは高齢でひ弱だった。たとえ抵抗されても、ダオ・リンなら彼女を床からかかえあげ、シートのクッションの上に押しつけることができる。一ロボットが近づいて、メイハオ・ヴィルに鎮静剤を投与した。

ダオ・リンは薬が効きはじめるまで全知者を押さえていた。やがてメイハオ・ヴィルはすっかりおとなしくなり、うつろな目でヌジャラの涙を見つめた。

ダオ・リンは身をかがめ、散乱したしずくを集めた。そのさい、必要以上に長くしずくをてのひらの上にとどめないよう、細心の注意をはらう。突然、メイハオ・ヴィルのつぶやき声が耳に入った。

手をとめ、全知者の上に身を乗り出し、耳を澄ます。

「なにかいいたいことがあるのか？」と、彼女はたずねた。

「もう効かないの」メイハオ・ヴィルの声はあまりにもちいさく、ほとんど聞きとれないくらいだった。

「なにがもう効かない？」わけがわからず、ダオ・リンが訊きかえす。

「ヌジャラの涙よ！」メイハオ・ヴィルは突然また怒りにとらわれたようだった。「効果がなくなってしまった！」

ダオ・リンは同情の目をヴォイカの老女に向けた。

「ああ」と、しずかに声をかける。「あなたを信じる。でも、いまは休息しないと。まだかろうじてショックを克服したばかりだから。もうすこし回復したら、すべてはうまくいくとわかるはず」

「わたしは病気じゃない！」メイハオ・ヴィルは憤然と抗議した。「頭がおかしくなったわけでもない。自分の感覚はわかっているわ。このしずくにはもう力がない。自分でためしてみなさい！」

ダオ・リンは以前の自分がプシコゴンになんのこだわりも持っていなかったのをよくおぼえていた。だが、いまはもうそうではない。ヌジャラの涙のせいで、悪夢としかいいようのないことも経験してきたから。もう長いこと、用もないのにパラ露に触れることは避けてきたのだ。

とはいえ、メイハオ・ヴィルの奇行はかんたんに説明がつく。

彼女は自分の力を探るため、あまりにも頻繁にパラ露を摂取した。たいていのカルタン人にとって、こうした行為は幻覚を引き起こし、それが数年にわたってつづくこともあった。また一部の者たち……メイハオ・ヴィルもそのなかにふくまれるだろう……は、突如としてヌジャラの涙に反応しなくなった。プシコゴンを使う能力を失い、それとともに超能力も使えなくなる。

ヴォイカが超能力を使えないとなると……

そのことを考えるのはほかの者の仕事だろう。いずれにせよ、まだなにも証明されたわけではない。メイハオ・ヴィルの状態も改善する可能性はある。

ダオ・リンは二体のロボットを手招きし、老全知者を運ばせた。メイハオ・ヴィルは以前とはまるでちがってしまっていた。大声で泣きわめき、ダオ・リンに悪罵《あくば》を投げつけている。

ダオ・リンはヌジャラの涙を箱にもどすことに集中した。いまの出来ごとにとまどい、メイハオ・ヴィルのことを恥ずかしく感じる。とりわけ、オーグ・アト・タルカンがすべてを見ていたから。かれはしばらく前から、なにもいわずに戸口の前に立っていた。

小箱がいっぱいになる。ダオ・リンはそれを所定の位置にもどし、オーグ・アト・タルカンの横をすり抜けてメイハオ・ヴィルのキャビンを出ると、ハッチを閉めた。

ラオ＝シンのもと庇護者であるダオ・リンが驚いたのは、ほかの全知者がだれも、警報の原因を探りにメイハオ・ヴィルのキャビンにやってきていないことだった。全員が自分のキャビンに引きこもっているようだ。通常、こうした場合に集まるはずの、司令室にもだれもいなかったから。

ダオ・リンが司令室に入ると、すぐあとからオーグ・アト・タルカンもついてきた。どういうつもりなのかはわからない。かれに深い畏敬の念をいだいている彼女は、理由を問いただすこともできなかった。ほかのカルタン人がぼんやりとしかおぼえていない大昔に、タルカニウムの原型を建設したのがかれなのだ。この宇宙の生まれでさえなく、縮みゆくタルカン宇宙からやってきた者。

いつもは実用一辺倒のカルタン人であるダオ・リンも、オーグ・アト・タルカンには信仰じみた感情をいだいていて、些々《ささ》たる質問でわずらわせる気にはなれなかった。

ひろい空間にほかのカルタン人の姿はないが、それでもからっぽだとか、死んでいるとかいった印象はなかった。無数のスクリーンが作動していて、アルドゥスタアル銀河のあらゆる場所の映像を表示しているから。これは浪費といってよかった。どんな切れ者のカルタン人でも、これだけの情報の洪水を処理することはできない。それでも全知者たちはこうした映像にかこまれていることを好んだ。評価はスコ＝タ＝ミングにまかせてしまえばいい。

　ダオ・リンは暗いままの一スクリーンの前にすわり、もっとも重要な情報の要約を表示するようもとめた。オーグ・アト・タルカンの気配を背後に感じ、すこし緊張している。だが、最初の映像があらわれると、背後の気配のことはたちまち消し飛んでしまった。

　才能あるエスパーであると同時にどのグレート・ファミリーにも属さない唯一の庇護者だった小惑星ヌジャリンの司令官が、無能を理由に解任されたという。彼女とともにＥＳＰ研究ステーションの教官たちもほぼ総入れ替えになった。話によるとＥＳＰ学生たち……プシ能力の才能がある若いエリートたち……が、能力を喪失したらしい。新しい、危険な訓練法がその原因とされた。第一級のスキャンダルだ。しかもそれだけではなかった。高位女性たちがヌジャリンに調査委員会を派遣して、その結果、パラ露の大規模貯蔵施設の在庫ほぼすべてが使用不能になっていることが判明した。

　ダオ・リンはこの情報がすぐには理解できなかった。前代未聞の出来ごとだったから。

彼女は自身の経験から、ヌジャラ星系で任務にあたるカルタン人が遅かれ早かれ、ほかのカルタン人を見くだすようになる傾向があることを知っていた。恒星ヌジャラがカルタン人の脳に奇妙な影響をあたえるのだ。一部のカルタン人はパラ露がなくても超能力を発現するようになった。さらには、ヌジャラの放射は精神を強化し、思考速度をあげ、新奇で革命的な考えを促進するともされている。

当然、ヌジャラ星系では新しい、それまで以上の訓練法がくりかえし開発されてきたし、失敗もなかった。そのため現在のヌジャリンの司令官……彼女が全知者とした任務のことは知っている……は個人的に責任を負っている……

……負っていた。調査の結論は明らかだった。

もちろん、カルタン人が居住するアルドゥスタアル銀河にはあちこちにパラ露の貯蔵施設がある。だが、そのほとんどはヌジャラ星系の施設ほど大規模でも重要でもなかった。大量のパラ露を貯蔵するのは困難だが、恒星ヌジャラの近傍ではこの困難がさほど大きくなく、パラ露を防護しているエスパーの健康上のリスクがほかの場所にくらべてちいさかった。

いいかえれば、カルタン人はこの事故で大量のパラ露を失い、神経質になっていた。供給の増大が大急ぎで必要だったのだ。

さいわいなことに、一パラ露回収船団があらたなパラ露を回収中だったため、それを急遽《きゆうきよ》呼びもどすことになった。

ダオ・リンは《ナルガ・サント》の……もっと正確にいえばスコ＝タ＝ミングの……技術能力を利用し、回収船団についてできるだけ早く詳細を知ろうとした。

スコ＝タ＝ミングは彼女にしばらく待つよう要請した。最初の情報が得られたらすぐに知らせるから、と。

ダオ・リンはそれで満足するしかなかった。

立ちあがって振り向くと、オーグ・アト・タルカンの姿はなかった。いつのまにか立ち去ったようだ。

どこまで聞いていたのだろう?

「そんなこと、考えてもしかたがない」彼女はそう自分にいいきかせた。

巨大な《ナルガ・サント》のなかで、彼女はとても孤独だった。

＊

スリング・ヘア＝ヴォイカとクエ・クアンガ＝ヴォイカの二名の全知者もおかしくなった。ダラ・バン＝ヴォイカはいきなりヒステリー状態になっていくつか装置やスクリーンを破壊し、とめようとしたロボットから逃れて反重力シャフトに飛びこんだ。シャフトは……《ナルガ・サント》のその種の装置類はすべてそうだが……はるか以前から機能していない。ロボットが介入して最悪の事態は避けられたものの、ダラ・バンは当分のあいだ寝たきりになった。

だが、ヴォイカのほかの者たちはこうした事件に無関心で、ダオ・リンは単独で難局に挑むしかなかった。ダラ・バンはあちこち骨折してもなお装置類を破壊しようとし、ほかのカルタン人たちも似たような反応を見せている。ダオ・リンはしかたなく、ロボットに鎮静剤の投与を命じた。ほかの全知者たちにも事情は伝えたが、回答したり、なんらかの手立てを講じたりする必要があると考える者はいなかった。

その間にもカルタン人の領域からはひっきりなしに不穏な情報がもたらされた。

あとから考えれば、ヌジャラ星系の出来ごとはもっと大きなカタストロフィの前兆にすぎなかった。いまでは危険な新しい訓練法が原因だという者はほとんどおらず、ヌジャリンに居住していて非難を受けた者たちには、無罪放免されるチャンスが充分にあった。かれらの身に起きたことがカルタン人のほかの惑星でも起きはじめていたから。

エスパーが能力を失うのだ。ヌジャラの涙に蓄えられたプシ・エネルギーが使えなくなり、パラ露はなんの効果も発揮することなく消えてしまう。ヌジャリンだけでなくほかのさまざまな場所でも、からっぽになったパラ露貯蔵庫が見つかった。そこを守っていたエスパーたちはなにも気づかなかった。プシ嵐は起きておらず、泥棒が入ったというわけでもない。

パラ露は爆燃にともなう現象をなにも起こさず、ただ消えてしまっていた。

「戦争だ！」高位女性の一スポークスマンであるオッサ・タイ＝トゥオスが、カルタン人惑星の多くで視聴されているニュース番組で発言した。「これはエスパーを麻痺させて能力を喪失させる、新兵器による攻撃だ。この武器をだれが開発し、われわれに向けて使っているのかはまだわからないが、われわれの敵がだれなのかは明らかだ。説明をもとめなくてはならない！」

敵？

ダオ・リンはそんな角度からこの事態を眺めたことがなかったが、筋の通った説明だと感じた。こんな陰湿な武器を使う敵がだれなのかということは、カルタン人にとって、わざわざ証拠を探すまでもない。毒呼吸体マーカルとのあいだには、これまでにもさんざんトラブルが起きていた。紛争に決着をつけたのはカルタン人のプシ能力だった。

もしもマーカルがプシ能力をかんたんに封じることのできるものを発見したなら、かれらが必要に迫られて結んだ条約はことごとく意味を失うことになる。すぐにも戦争が起き、こんどの勝者はマーカルだ。

ダオ・リン＝ヘイ……正しくはダオ・リン＝ヴォイカだが、その名前にはまだ慣れていない……はスコ＝タ＝ミングに命じて艦内一斉通信の準備をさせた。相談があるので集まるようにと、全知者たちに呼びかける。

だれもやってこなかった。

何度かやってみたが、全知者たちは自身の任務に興味を失っているようだった。だれも姿を見せようとしない。

彼女はとうとうしびれを切らし、ほかの全知者のキャビンに突撃した。だが、だれもドアを開けようとしない。徐々に不安が募ってきた。スコ＝タ＝ミングはしずまりかえっている。この巨大区画に暮らすわずかな者たちが全員出ていってしまったかのように。

〈全員が死に絶えてしまったみたいだ！〉

そんな思いが閃《ひらめ》き、彼女は懸命にはらいのけようとしたが、恐怖は募るばかりだ。

「ナナ・ベア＝ヴォイカ！」と、ドアの前に立って叫ぶ。「ここを開けて。話がある、緊急に！」

返事はない。

「開けないなら、力ずくで入る！」

やはりなんの反応もない。

メイハオ・ヴィルのキャビンはすぐ隣りで、ドアは施錠されていなかった。確実に施錠した記憶があるのだが。なかに入って小箱を見ると蓋が開いていて、ヌジャラの涙は消えていた。

なにが起きているのか？

床に落ちた枕のそばでなにかがちいさくきらめいた。身をかがめて見てみると、パラ露がひとしずく落ちていた。ダオ・リンはためらった末、それを片手に乗せて握りこみ、目を閉じた。

力が流れこんでくる。最近はほとんどパラ露を使っていなかったので、その効果はいっそう強く感じられた。

ナナ・ベアはキャビンにいないとわかった。ほかの者たちも、ドアを壊すまでもなく不在だとわかる。全知者はだれもキャビンにいなかった。スコ＝タ＝ミングにもいないが……かれらの存在は感じられる。思考インパルスを追っていくと、通常ヴォイカが使うことのない、奥まった制御センターに行き着いた。

ダオ・リンは入口の前で足をとめ、目の前に浮かんだ映像をとまどったように見つめた。

全知者たちが低い丸テーブルをかこんですわっている。ダオ・リンに知らせずに、十七名全員が集まっていた。ダラ・バンまでいる。それぞれの前にはヌジャラの涙のちいさな山があり、テーブルの中央にはさらに大きなパラ露の山があった。

かれらがそれをすべて摂取したら、数時間以内に自分たちの名前もわからなくなってしまうだろう。

「やめなさい！」そう叫んで駆けよろうとしたが、声を出す前に肩をつかまれ、とめられた。ダオ・リンは驚いて振り返った。

オーグ・アト・タルカンが背後に立ち、しずかにしろという身振りを見せた。彼女はとまどってヴォイカの面々を指さしたが、かれは片手を振り、制御センターのなかから見えないところまで彼女を引っ張っていった。

「かれらを見張っていた」かろうじて聞こえる程度の声だ。「ひどく奇妙な行動をしている。いまのかれらにカルタン人の運命をゆだねられるとは思えない。どうやら能力を失ったらしい」

ダオ・リンはわけがわからないという顔でかれを見つめた。

「なにかのまちがいだ」と、ようやくささやきかえす。「わたしの知るかぎり最高のエスパーたちだし、あれだけのパラ露があれば、惑星カルタンの全住民に影響をあたえることもできるはず！」

オーグ・アト・タルカンはいら立ったような手振りを見せ、目に侮蔑の色を浮かべた。

「最近パラ露を使ったか？」

「いまも使っている」と、ダオ・リン。

「なにか異状は感じなかったか？」

「なにも！」

その答えはかれを驚かせたようだった。

「こい!」と、ようやく命令を口にする。

ダオ・リンはためらった。ヴォイカたちは明らかに自分を見失っている。助けが必要で、それができるのはダオ・リンだけのようだ。オーグ・アト・タルカンのことは尊敬しているが、かれにはこの状況に関する知識がない。カルタン人男性であるかれは、ヌジャラの涙がエスパーにもたらす力を感じることができないから。

だが、オーグ・アト・タルカンが肩ごしに振り向いて強い調子で手招きすると、結局彼女はしたがった。

案内されたのは彼女が一度も入ったことのないキャビンだった。さまざまなシュプールから、かれが最近しばしばここを訪れているらしいとわかる。室内はほぼからっぽだった。制御卓とシートがひとつずつあるだけだ。数面のスクリーンが作動中で、制御センターの内部やいくつかのキャビンがうつっている。

ダオ・リンは内心でたじろいだ。オーグ・アト・タルカンは全知者のキャビンをここから監視していたのだ……いったいいつから?

だが、彼女にはかくすことなどない。

かれは小箱をひとつとり出して彼女にさし出した。いくつかパラ露が入っているのを見て、彼女は仰天した。どういうことだろう? かれには使い道がないのに!

「わたしの考えを読んでみろ!」と、オーグ・アト・タルカン。

そこまでいうなら……

彼女はひと粒のパラ露を手にとり、かれに問うような視線を向けた。こんな〝声〟が聞こえてきた。

〈カルタン人の歴史に関するわたしの報告を思い出せ。五万年以上前にわれわれがこの宇宙にやってきたとき、プシ定数が上昇した。この出来ごとのせいで、きみたちがヌジャラの涙と呼ぶものがプシコゴンになった。知ってのとおり、われわれの故郷銀河の一部がこの宇宙に到着している。そのせいでプシ定数がふたたび変化する可能性は大きい……もとの定数にもどるのだ。つまりパラ露も、その本来の姿である無害な物質にもどるということ〉

ダオ・リンは驚いてかれを見つめた。

「聞こえたようだな」

「言葉は聞こえたけど、意味がわからない」と、ダオ・リン。

「わからないだろうと思っていた」オーグ・アト・タルカンが冷たくいう。

「あなたがそう思うだけでだろ！」ダオ・リンは憤然と食ってかかった。「ほんとうのことはわからないはず！」

彼女ははっとして、手を開いた。ヌジャラの涙は消えていた。使えば当然そうなるように、溶けてなくなったのだ。ダオ・リンはパラ露がもたらした力があふれるのを感じた。

「やっぱりそうだ！」と、勝ち誇っていう。「しずくには効果がある。あなたの考えが読めた」

「あらゆる場所で同時に起きるわけではない」と、オーグ・アト・タルカン。「ゆっくりとひろがっていき、その前線も直線的ではない。それは……」

彼女はもう聞いていなかった。急いで制御センターにとってかえす。

全知者たちはまだテーブルをかこんですわっていた。かなりのパラ露を消費してしまっている。もうプシ錯乱の瀬《せ》戸《と》際《ぎわ》だろう。それなのに、かれらはなにも放射していなかった。精神的な力も、数光年先にまで伝わる影響力も。

ダオ・リンはゆっくりとかれらに近づいた。耳を澄まし、ヴォイカの面々の考えを感じとる。

「戦え！」かれらはそう考えていた。「われわれの力を盗んでいる敵と戦うのだ。打ち倒せ。異人はすべて打ち倒せ。殺すのだ。戦え！」

だが、その考えには力がともなっていなかった。せいぜいホールのなかにしかとどいておらず、どこにも反響していない。メッセージはだれにもとどいていないだろう。きわめてすぐれたエスパーである高位女性たちでさえ、こんな力ないインパルスは受信できそうにない。

全知者たちはメッセージの送信に夢中で、ダオ・リンに気づかなかった。全員が目を閉じている。手だけが動いて次々とヌジャラの涙を握りしめているが、それはなんの効果もあらわさずに消えていくだけだった。ヴォイカたちはまだ気づいていない。たぶんいまもカルタン人にメッセージを伝える力があると信じているのだろう。

力を失ったと知ったら、かれらはどうするだろう？

伝える義務があることはわかっていた。全知者たちは長らくカルタン人の運命を導いてきていて、高位女性たちさえ〝アルドゥスタアルの声〟にしたがうことに慣れてしまっている。それがしたがうべき権威だから。〝声〟は要求や命令を発し、高位女性は〝声〟にいわれたとおりに行動する。自分自身で決断することを忘れ……たんに命令を履行するだけの存在になってしまっていた。

すべてが変わったのだと、かれらに教えなくてはならない。そのときようやく自己変革のチャンスが訪れるだろう……手遅れでなければ。

かれらは真実を知らなくてはならない。すべての真実を。〝アルドゥスタアルの声〟の正体がなんなのかを知り、カルタン人のプシ能力を阻害している敵など存在せず、ヌジャラの涙そのものの問題だと認識しなくては。パラ露が効果を失っているのだ。エスパーはもう、過去に得ていたような力を得ることはできない。

それとも、そうではないのか？

ダオ・リンは慎重に身をかがめ、全知者のからだに触れないようにしながら、テーブルの上のパラ露をひと粒手にとった。

ヌジャラの涙は効果を発揮した。

どうすればいいのか、どう考えればいいのかわからない。彼女は長いこと身動きせずに立ちつくし、ヴォイカたちを見つめていた。見えるもの、感じるものが証拠だ……ヌジャラの涙は全知者に力をあたえるのをやめていた。

では、なぜ、ダオ・リンは力を得られているのか？

そんなことはどうでもいいと、ようやく思いいたった。自分が〝アルドゥスタアルの声〟になりかわることはできない。高位女性に指示を出すわけにはいかないから。原因がパラ露にあろうと、ヴォイカたち自身にあろうと……全知者の時代は終わりを告げたのだ。

いま重要なのはその一点だけだった。

彼女はしずかに立ち去った。ホールを出るとオーグ・アト・タルカンがいて、彼女を待っていたようだった。無言でその横を通り過ぎると、かれはあとをついてきた。

ヴォイカたちがいつも集まっていた司令室に向かう。

「どうしたい？」オーグ・アト・タルカンがたずねた。

「《ナルガ・サント》で惑星カルタンに向かう」と、ダオ・リンは……とっさに思いついたことだったが、それが最良の行動だとわかる。「高位女性は自分たちがこれまでずっと、だれの指示にしたがっていたのかを知ることになる。わたしが真実を告げるから……〝アルドゥスタアルの声〟について、ラオ＝シンについて、種族の歴史と起源について。すべてを知ってもらいたいから。そうしないかぎり、正しい行動をとれるようにはならない」

スコ＝タ＝ミングが彼女の声を認識した。

「回収船からの連絡を受信しました」おだやかな声が報告する。「聞きますか？」

ダオ・リンはすばやくオーグ・アト・タルカンを見た。かれがまちがいをおかしたことは、いまや明らかだろう。だが、そんな考えもかれを悩ませることはないらしい。

「コースを惑星カルタンに向けて！」ダオ・リンが命じる。「連絡内容も聞かせてくれ」

声ははるか遠くから響いてくるかのようで、はげしい雑音による数秒間の中断を何度もくりかえした。

「こちらは回収船《エラッサ》の庇護者ガン・ラン＝トゥオス。帰還のため航行中だが、船艙は空だ。パラ露は積んでいない。くりかえす、パラ露は積んでいない！　そのため、べつの回収船の派遣を要請する。ノクターンの群れはもう通過シンボルに反応せず、かれらの銀河に入った船を見境なく攻撃してくる。われわれも数隻を失った。ノクターンの攻撃的な行動の原因は不明。棒段階のノクターンに指揮されているように思える。棒はもう露領域の処置に関心がないようだ。襲われているのはカルタン船だけではない。ギャラクティカー船からの救難信号も受信した。ハンザ商館ろ座も困難な状況にあるらしいが、われわれ、救援できる状態ではない。撤退を余儀なくされ、帰還の途についている。こちらは……」

「もう充分!」ダオ・リンは衝撃を受けた。オーグ・アト・タルカンに目を向け、不安そうにたずねる。

「これはどういうこと?」

「わたしの推測どおりだ」相手はおちついていた。「ノクターンの群れの分泌物は、プシ定数が跳ねあがるまでは完全に無害だった。パラ露が危険なプシコゴンになったのも、ノクターンがプシコゴンを……すくなくとも過剰な部分を……かれらの銀河から排除しようとしはじめたのも、すべてプシ定数の変化が原因だ。いま、プシ定数がもとにもどったことで、パラ露は危険な性質を失った。ノクターンはもう回収船を必要としないということ」

「だからって、われわれを追いはらうのは不公正だ!」ダオ・リンが怒りの声をあげる。

「せめて交渉して、説明を……」

「かれらにそんな必要はない!」オーグ・アト・タルカンは彼女の言葉を途中でさえぎ

った。「われわれとは異なる生命体だが、記憶力はいい。かれらは当時のプシ定数の急上昇とわれわれを結びつけて見ている。困難が生じたのはわれわれのせいだと思っているのだ。その視点からすれば、われわれがパラ露を処理するのは当然のことだ。ノクターンの時間感覚はわからないが、当然、その間にカルタン人がどんな経験をしたのか、知っているはずがない。ただ、かれらにすれば、われわれがひどい不手際をおかしたとしか思えないだろう」

「でも、ギャラクティカーまで襲っている！」

「たぶんノクターンは、われわれとギャラクティカーのちがいがわからないのだろう。きみは清掃ロボットがどう感じるかを気にするか？」

ダオ・リンはとまどって黙りこんだ。

オーグ・アト・タルカンが正しいことはわかる。カルタン人とギャラクティカーにとって、パラ露はきわめて価値のある物質だ。ノクターンにとっては、それはありふれた排泄《はいせつ》物、それどころか危険物だった。

「《エラッサ》からのメッセージが惑星カルタンで受信できた可能性はどれくらい？」と、スコ＝タ＝ミングにたずねる。

即座に回答があった。

「きわめて低いでしょう。ここは理想的なポジションで、さもなければ報告は受信できなかったはずです」

そんななかで報告を送信した《エラッサ》の庇護者は、状況が絶望的だとわかっていたにちがいない。

「だったら、むだにできる時間はないはず」ダオ・リンが陰鬱《いんうつ》にいった。「カルタンとコンタクトして。わたしから高位女性に説明して、パラ露の供給が途絶えることを伝えよう」

スコ＝タ＝ミングは沈黙している。

「どうしたの？」ダオ・リンがいら立った声をあげた。

「失礼、ですが、カルタンとコンタクトできません」

「なぜ？」と、驚いてたずねる。

彼女は反射的に、多くのカルタン人にとってはまだ原因不明の、エスパーの能力喪失のせいではないかと思った。かれらにとってすべては敵のしわざ、マーカルと、突然はじまった戦争のせいなのだ。

「技術的な問題が生じています」と、スコ＝タ＝ミング。

ダオ・リンは安堵の息をついた。オーグ・アト・タルカンはおちついている。だが、急に疑わしげに周囲を見まわしはじめた。

「なにかがおかしい！」と、低い声でいう。

ダオ・リンは顔をあげてスクリーンを見た。《ナルガ・サント》の巨体が動きだしていた。

「とても古い船だから、なにかあったのかもしれない」

「スコ＝タ＝ミング！」オーグ・アト・タルカンが鋭く声をかける。「タルカン到着はいつになる？」

「わかりません」スコ＝タ＝ミングが親しげに答える。「カルタンは二番めの目的地です。可能になりしだいカルタンに向かいます」

「では、最初の目的地はどこなのか教えてもらいたい！」オーグ・アト・タルカンは興奮のあまり、言葉が古カルタン語にもどってしまっていた。ヌジャラの涙の力がなかったら、ダオ・リンには理解できなかったろう。だが、残念ながら最後のしずくがまだ効果をたもっていた。できればかれの質問も、それに対する答えも知りたくなかったのだが。

「それはできません」スコ＝タ＝ミングが同じく古カルタン語で答えた。「驚いたことに、あなたは目的地に到着するまで知らないほうがいいと、ヴォイカが決定したのです。しばらく休息してください。驚くことが待っていますから」

同時に、宇宙空間を表示していたスクリーンが暗くなった。かろうじて、《ナルガ・サント》が進んでいる方向だけは見定めることができた。古代の宇宙船はアルドゥスタアル銀河の星々のない宙域をはなれ、銀河の星々のなかに向かっている。それがわかったからといって、なにかの役にたつわけではないが。

ダオ・リンは目眩《めまい》をおぼえた。恐れることはなにもないと自分にいいきかせる。ヴォイカはいま、すこし混乱しているかもしれないが、それでもかれらは全知者だ。カルタン人のためになることしかしないはず。

だが、秘密を守るためなら全知者たちがどれほど仮借なく行動できるかを思い出し、気分が悪くなる。かれらが自殺に追いこんだ十八名の老カルタン人のことを考える……もう全知者は存在しないと、ギャラクティカーに思いこませるだけのために。

あの計画のときから、すでに狂気におかされていたのでは？

いまのヴォイカはあのとき以上に、他者を思いやる余裕がない……自分たち自身を守る余裕さえ。タルカニウムはもう存在しない。ラオ＝シンは過去のものだ。パラ露は力を失い、そのため〝アルドゥスタアルの声〟も機能を失った。

オーグ・アト・タルカンを見る。かれも彼女に視線を返した。その年齢は全知者を上まわる……かれらよりもはるかに高齢だ。しかも知恵がある。ダオ・リンの心の動きまで見透かしているかのようだ。

「すくなくともすぐに自殺することはないはず」かれがなだめるようにいう。「かれらは《ナルガ・サント》の目的地を決めた。到着するまで、われわれの命もそれなりに安全だろう。そのあとのことは……そのときになればわかる。かれらは権力にしがみついていて、パラ露がなくなってもその力を維持したいと思っている。目的地の見当はつく」

ヌジャラの涙はまだ効力をたもっていて、ダオ・リンは古カルタン人の考えを読みとることができた。

「クトルのロボット！」と、驚いてつぶやく。

「そうだ」オーグ・アト・タルカンが考えこみながらいった。「ロボットはヴォイカにしたがい、かつてはカルタン人を抑圧していた。全知者はロボットを失われたパラ露の代用品にして、揺らいでいる権力を保持しようとしている」

かれはダオ・リンに視線を向けた。

「きみもヴォイカの一員だったな」と、確認する。

「完全にってわけじゃない。さいわいなことに」

「なんとかなると期待しよう。とにかくここから出る。当面、きみに命の危険はないはず。ヴォイカは権力に固執《こしゅう》するだけでなく、十八名という数にも固執しているから。わたしに対しては激怒するだろうが、わたしも自分の命は大切だ。これはきみも理解できると思う」

その口調はほとんどおもしろがっているようで、ダオ・リンには理解できなかった。

「どこに行く？」と、とほうに暮れてたずねる。

「ああ、《ナルガ・サント》内は可能性に満ちている」その楽観ぶりは、ダオ・リンがどれほど想像をたくましくしても共有できないものだった。

それでもついていくしかない。藁《わら》をもつかむ思いだった。

ヴォイカはかれらの一員になるチャンスを提供したが、そこに選択の余地はなかった。種族の幸福のために全知者にしたがいはしたものの、心の底からヴォイカになったわけではない。いま、全知者に逆らうことにためらいはなかった。

ヴォイカのほうもまた、かれらの役にたつカルタン人をためらいなく利用してきたのだ……ダオ・リン＝ヘイをふくめて！

2

スー・エル＝キョンはグッキーの寝台の上で腹這いになり、なぜか《ソロン》の娯楽プログラミングに入っていた古代の映画のあらすじを追っていた。宇宙から地球に飛来した卵がじつはエネルギーを喰う怪物だったという物語だ。

《ソロン》は九月はじめに《レッドホース》とともにXドアのポジションに到着した。そこではスリンガル星系のハウリ人基地を攻撃する準備が進められていた。グッキーとスー・エルはそこで《ソロン》に乗りこみ、カルタン人の運命に介入するため、ただちに三角座銀河に向かった。

「きみの故郷銀河に着いたぜ。興味があればだけど」グッキーが声をかけたが、スー・エルは怪物の姿に釘づけだ。いまは建物を踏みつぶしているところだった。

「アルドゥスタアル銀河がどうなってるかにも興味ないわけ？」グッキーがいらいらしながらたずねる。

スー・エルは首を横に振った……グッキーやテラナーを見ておぼえたしぐさだ。

「ほかとどうちがって見えるっていうの？」と、画面から目をはなさずにいいかえす。

「どこにでもある、ただの銀河よ」

「きみの種族が住んで……」

「だからなに？　わたしは惑星フベイで生まれたの。アルドゥスタアルなんてどうでもいいわ！」

「いつかはカルタン人のところに帰らなくちゃならないんだぜ」グッキーが指摘する。

「どうして？」スー・エルは驚いて訊きかえした。「アルドゥスタアルに知り合いはいないし、そうじゃなくても、わたしはもうエスパーじゃない。だれにも必要とされてないわ」

「キョン家はグレート・ファミリーなんだから、当然、迎え入れてくれるさ。プシ能力を失ったって、すぐに最高の居場所が見つかると思うね」

「それでもカルタン人のところには行かない」スー・エルの口調には媚《こ》びるような響きがあった。「あなたといっしょにいたいの。そのほうがずっと刺激的だから。それに、命を救われたわ。カルタンの慣習では、恩を返すまでそばにいる必要があるの」

　グッキーは黙りこんだ。カルタン人の慣習にはくわしくないので、スー・エルがほんとうのことをいっているのかどうかはわからない。ただ、嘘をついているとは考えにくかった。これまでずっと正直に接してきていたから。

フベイのジャングルで彼女を助けたときのことを思い返す。彼女は死にかけていて、健康をとりもどさせるのはひと苦労だった。タルカニウムには親族が……すくなくとも生きている者は……いなかったので、いっしょに連れてきたのだ。甘やかされたエスパー学生だったが、適応するのは早かった。

年齢は十四歳……テラナーの基準ではまだ子供だが、カルタン人は成熟するのが人類よりも早く、すでに若い成人と考えられている。ただ、彼女はひどくひ弱な印象だった。小柄でかわいらしく、エスパー学校の訓練を受けなくなってからは、最初の印象とはちがって、楽しく遊んでばかりになっている。

グッキーはこの若いカルタン人が気にいっていた。保護者になったつもりで、なんとか過去を忘れさせようとしている。フベイのカタストロフィ、破壊された学校でプシ錯乱におちいったカルタン人とすごした悲惨な日々、《ナルガ・プウル》からきた愛国心に凝《こ》りかたまったカルタン人との恐ろしい出会い、溜まりすぎたパラ露が涙ネットで大爆発したことによる母親の死。

外の世界ではスー・エルがそのすべてを克服したように見えるものの、グッキーにはもっとよくわかっていた。若いカルタン人の思考が読めるし……くりかえし惨劇の夢を見ているのを知っていたから。

できればずっと手もとに置いておきたかったが、それが不可能なこともわかっている。

連れていけない任務もあるはずで、そうなれば彼女を知らない世界に置いていくことになる。それだけでなく……彼女が歳をとっていけば、どこかの時点で同じ種族の者たちと会いたくなるだろう。それが自然なあり方で、だからこそ異人のなかで育てることはできない。彼女はまだ若く、柔軟だ。すでにカルタン人らしくない態度やものの見方を身につけはじめている。グッキーとしては、彼女が同族からかけはなれてしまい、永遠に故郷にもどれなくなるのは避けたかった。

彼女はカルタン人にもどらなくてはならない。

もちろん、慎重に進める必要はあった。もうすでにさまざまな目に遭ってきているだけに、たんに送り返すことはできない。それではわけがわからないだろうし、かれもそんなことはしたくなかった。

なんとかすべてが自発的に解決するようにしたい。

スー・エルはまたもうすっかり映画の虜《とりこ》になっていた。

「なんか新しいのがないか見てみるよ」グッキーは声をかけたが、若いカルタン人の耳にはとどいていない。

かれは《ソロン》の司令室にテレポーテーションした。そこではニッキ・フリッケルがかりかりしていた。

「いなくなったの」ネズミ＝ビーバーがなにもたずねないうちに、ニッキがいった。

「だれが？」と、グッキー。

「ヴォイカよ。《ナルガ・サント》ごと姿を消したわ」

「たしかかい？」

興奮したようすで行ったりきたりしていたニッキが急に足をとめ、ネズミ＝ビーバーをまじまじと見た。

「もちろんたしかよ！《ナルガ・サント》は巨大で……見落とすはずがない。とりわけ、アルドゥスタアル銀河のはずれ、星も見えない領域ではね」

「またぼくらとかくれんぼがしたいんじゃないかな」と、グッキー。「報告を見たけど、いっぺん相手のゲームに乗せられちゃってるだろ。当時はきみたちもここに、この宙域にいて、それなのに全知者たちはきみたちにべつの船を押しつけて、それをかれらの空飛ぶ宮殿だと思いこませた」

「あのときとはちがうわ！」と、《ソロン》の指揮官。「当時はわたしたちからかくれる充分な理由があった……とにかく、かれらはそう信じてた。でもいまは……」

「心変わりしたのかもしれない」と、グッキー。

ニッキは助けをもとめるかのようにポエル・アルカウンに視線を向けた。テフローダーは首を横に振った。

「わたしはなにも感じません」

「前回はどうちがったのさ？」ネズミ＝ビーバーがたずねる。

「そうですね」ポエルはためらいがちに答えた。「あのときはなにかがいました。実体のあるものではなく、ただ、なにかが待ち受けていると感じました」

「今回はそうじゃないってわけか」グッキーがいう。「ぼくもやっぱり、なにも感じない。とはいえ……全知者はなんかトリックを袖にかくしてるし、《ナルガ・サント》だとそれが二倍にも三倍にもなる。あの船のこと、ぼくらはろくに知らないだろ？　でもやっぱり、たんに心変わりしただけかもしんない」

「わたしたちにメッセージも送らずにですか？」カルタン人に大いに共感しているポエルがいった。「われわれ、かれらの同盟者なのに！」

「こっちはそう考えてるけどね」ネズミ＝ビーバーが懐疑的にいう。「でも、ヴォイカがどう思ってるかなんて、だれにもわかんないよ」

「こちらを信用するようになっていました」ポエルが断言する。「絶対になにか起きたのだと思います。全知者が困難におちいっているのかもしれません。あるいは《ナルガ・サント》そのものが。ヴォイカは船のあつかいがうまくありません。船がふらふらとどこかに行ってしまったのかも」

「ハンガイ銀河に飛んでいったってこと？」ニッキが考えを口にする。「理論的にはわかるけど、ヴォイカがまた心変わりしたというのは疑わしい。いいわ、ポエル、あなたがなにも感じていないのはわかった。でも、あの歩くミイラたちは信用できない……あなたが認めようと認めまいと」

グッキーは無言で《ソロン》の指揮官を支持した。かれも全知者には会ったことがある……オーグ・アト・タルカンからカルタン人の出自と歴史の真実を聞き出すため、《ナルガ・サント》を訪れたさいに。あのとき、全知者たちはかならずしも協力的とはいえなかった。だからかれらのことは評価していない。

「われわれ、当面ここを動かない」ニッキが決断した。「シュプールが……あるいは《ナルガ・サント》そのものが見つかるかもしれない。いずれにしても見つけ出さなくちゃならないわ。全知者を避けては通れないから。すべての手がかりはかれらにつながっている。ハウリ人の攻撃があるなら、まっ先にかれらに知らせなくちゃならない。逆にまた、高位女性に警告できるのはかれらしかいない」

*

数時間後、さらにわかったことがあった。《ナルガ・サント》はほんとうにこの宙域を離脱していた。どこに向かったのかはだれにもわからない。

「カルタン人にたずねてみるべきです」ポエルが提案した。

ニッキは変な顔をしたものの、テフローダーの提案に対してはなにもいわなかった。

《ソロン》の指揮官はすでに命令を出していた。ＰＩＧは《ナルガ・サント》を捜索せよ、と。ニッキはカルタン人よりも、自分の同族のほうを信頼していた。

三角座銀河情報局、略称ＰＩＧは、カルタン人の銀河で以前よりも活動を活発化させていた。三角座銀河のはずれにある一惑星、スリンガルⅣのハウリ人基地について警告する報告を受け、前よりも多くの監視所が設置されている。アルドゥスタアル銀河からＰＩＧを撤退させようとは、もうだれも考えていなかった。カルタン人もまた、ギャラクティカーが不干渉協定を遵守《じゅんしゅ》することに固執しなかった……ほかに心配すべきことができたから。たとえばハンガイ銀河の……正確にはその一部の……出現に、大いに頭を悩ませなくてはならないといったことだ。

それはニッキにも充分に理解できた。

全知者は遠い過去の出来ごとに関するすべての情報を同族の目からかくしていた。知っているのは選ばれたごく少数の者たちだけで、ふつうのカルタン人は自分たちがべつの宇宙……死にゆく宇宙……からやってきたことなど知りもしない。祖先がメエコラー宇宙に先遣隊として送りこまれたことも。ラオ＝シン移住計画にしても、それがなにを引き起こすことになるのか、考えてもいなかった。

だから最近の出来ごとは衝撃的だったはず。

ハウリ人の登場が事態の悪化に拍車をかけた。ＰＩＧ基地からは、カルタン人の版図全体でハウリ人の動きが大きく激化しているとの報告があった。

そう、全カルタン人にとって、とりわけ高位女性にとって、きわめて悩ましい状況だ。

そこにパラ露の問題までくわわった！

あらゆる場所から、奇妙なことが起きているとの報告がもたらされた。エスパーが任務に失敗し、もうヌジャラの涙が使用できず、カルタン人にとっての重要な作業を遂行できない。

たいていの場合、パラ露はただ消えてしまった……爆燃して恐ろしい副次効果を発生させることなく。

カルタン人は怒りと絶望のあいだで揺れ動いた。ある者は上位の力がカルタン人を罰するため、ヌジャラの涙をあつかう能力を奪ったのだと主張した。またある者はエスパーの失敗の原因をつくった、敵や武器を探しもとめた。

「あまりにも頑固で、真実を直視できないのよ」ニッキが興味津々《きょうみしんしん》で報告を読んでいるネズミ＝ビーバーにいった。「だれかが原因を教えてあげないと、また戦争をはじめそう。よりによって、このいちばんまずい時期に」

「だったら教えてやればいい」と、グッキー。「たいした手間じゃないだろ？　ただ、真実を知るのがかれらの役にたつかどうかは、なんともいえないね。どうなってんのかわかんなきゃ、すくなくともいつか過ぎ去るって希望は持てるわけだかんね」

「カルタン人にはパラ露のない生活に慣れてもらうしかないわ」と、ニッキ。

「不可能です！」ポエルが断言した。

「どんなことだって可能よ！」ニッキがいいかえす。「グウネン星系に向かうことにする。運がよければ《ナルガ・サント》のポジションがわかるかもしれない。高位女性たちは確実になにか聞いているはず。例の有名な〝声〟が、どこに引っこんでるのか暗に伝えてるかもしれないし」

グッキーの皮肉っぽい表情は無視する。もちろん彼女自身、全知者が高位女性に自分たちの居場所を教えるとは思っていなかった。ヴォイカは秘密が大好きなので、みずからそれを明かすはずがない。謎めいたテレパシーの声という役割が大いに気にいっているのだ。その起源はだれも知らない。

テレパシーの声？

ニッキは突然、ヴォイカもまたパラ露に依存していたことを思い出した。パラ露がなければ……〝アルドゥスタアルの声〟も伝わらない。

背中に鳥肌が立つのを感じた。

突然、カルタン人がどんな戦争よりも大きな危機に直面していることに気づいたのだ。

3

会議ホールは薄暗かったが、この時点でなにかを変えたいと思っている者はいなかった。明るさをもとめるカルタン人がいたとしても、ほしいのは事態が理解できたという気分の明るさだ。残念ながら、それは照明を点灯して得られるものではなかった。

ひろいホールはがらんとしていて寒々しかった。家具類はほとんどなにも置かれていない。いま、そこで身動きする者は見あたらなかった。

「われわれにできることがなにもないのは明らかだ」高位女性のシュ・ハン＝ヘイがいった。ある意味、ここ惑星カルタンの最高権威といっていい。「エスパーは能力を失い、原因はわからない」

「病気なのかも」ディ・キウ＝ヴィルンが推測を述べる。「一時的な現象だと示唆《しさ》するケースがあったと聞いている」

「どんなケース？」チャイ・ズサ＝ルアギュルが興味と希望に満ちてたずねた。

「一テレキネスが建設現場で能力を失った」ディ・キウ＝ヴィルンが説明する。「そのせいで建設中の橋が崩落した。ヌジャリンで奇妙な事態が起きるずっと前のことだったので、大きなスキャンダルになった。そのテレキネスは破壊活動の罪で告発された。わたしのファミリーの一員だったので、話を聞いてみた。彼女がいうには、突然力が使えなくなり、ヌジャラの涙も効果を発揮しなかったそうだ。それは……ま、彼女はヌジャラの涙が偽物だったのではないかといいたかったのだろうが。ひどく混乱していて、自分の失敗をどう説明すればいいのかわからないようだった。だが、ヌジャラの涙が原因だという点は譲らず、わたしは問題の現場からサンプルをとりよせた。当然、なにも問題はなかった。そのテレキネスもわたしの目の前でそのことを確認した」

「つまり、失敗のあとパラ露を使って、能力がいつもどおり発現したということ？」ナ・ギュン＝ドルジャが信じられないという口調でいう。

「そのとおり」と、ディ・キウ＝ヴィルン。「その後の反応は完全に通常どおりだった……短期間だけだったけれど。任務にもどしたあとも、なにも問題はなかった。そのころからほかのケースが相次いで、彼女もまた失敗するようになったけれど、一度は回復したのはまちがいない」

「ほかの者も回復する可能性はあるということね」ジャオ・タン＝トゥオスが興奮の面持ちでいう。「そのテレキネスは隔離して、徹底的に検査すべきよ！」

「もうやったわ」と、ディ・キウ＝ヴィルン。ほかの高位女性たちは活発に議論しはじめた。

かれらは全員、はげしく動揺していた。シュ・ハン＝ヘイにはそれがわかっていたし、意見のちがいも理解していた。もちろん、これがエスパーの能力を麻痺させる病気かもしれないという推測は、まったく目新しいものではない……だが、そんな推測がなんになる？

この大災厄の原因の解明はあらゆるところで懸命に試みられていた。エスパーの突然の能力喪失に関して、その妥当性はともかく、ありとあらゆる仮説が提唱されている。だが、実際のところ、それですこしは問題の解決が近づいたかどうかは疑問だ。むしろ正反対だった。この恐ろしい病気だかなんだかは、さらにひろがりつづけていた。

シュ・ハン＝ヘイの知るかぎり、二名の高位女性、フォオ・ヘル＝キョンとヴィン・リン＝ガードはただちに戦争状態を宣言すべきと主張している。チャイ・ズサ＝ルアギュルもかれらに同調しているが、なぜかいまのところ、それを言明はしていない。

だが、だれと戦争をしているというのだ？

マーカルは当然、被疑者のリストの上位にいる。エスパーの力を充分知っているし、もしかれらが……どうやってかは知らないが……エスパーを無力化する方法を見つけたなら、ためらいなく使ってくるだろう。その場合、苦労して成立させた条約にかれらがこだわる理由はなにもない。唯一の疑問は、エスパーとまったく縁のないマーカルが、どうやってそんな方法を手に入れたかだ。フォオ・ヘル＝キョンが疑っているように、四人のカルタン人で実験を重ねた？ 考えられないことではない。これまでに宇宙船が行方不明になった例は当然あるし、マーカルがその船を乗員ごと鹵獲《ろかく》した可能性もちいさくない。だが、確実な証拠はないし、ほかにも被疑者は存在する。たとえば、最近になってアルドゥスタアル銀河のあちこちで見かけるようになった、異宇宙船の乗員だ。この異人は……わかっているかぎりでは……ハウリ人と称し、いくつかの証拠から、超能力をあつかえることが示唆されている。ヴィン・リン＝ガードはマーカルがきわめて狭量で想像力に乏しく、エスパーに対抗する方法を開発できるとは思えないと主張し、ハウリ人を真の敵とみなしていた。一方、どんな異人も信用しないナ・ギュン＝ドルジャはギャラクティカーを疑っていた。かれらもパラ露に興味をしめしていて……競合相手を排除しようとしているのではないか？

それでもナ・ギュン＝ドルジャは理性的で、疑念を口にはしても、対抗措置をもとめたりはしていない。さまざまな理由から、カルタン人にはギャラクティカーを相手に戦争をする余裕などなかった。

エスパーにたよれないとなると、どんな相手とも戦争などできるはずがない！

「助言と助力が必要だ」全員が徐々におちつきをとりもどすと、シュ・ハン＝ヘイがいった。「会議ホールに単身で集まるよう要請したのもそれが理由だった。いまなにをすべきかを決めるのに、介添えは必要ないから」

ホール内がいきなりしずまりかえった。

「〝声〟をもとめるべきよ！」ジャオ・タン＝トゥオスがようやく口を開いた。「でも、それができないことは全員がわかってる！　〝声〟はなにも指示してこない。一度ためしてみたけど、うまくいかなかった。〝声〟は自分が必要と思うときしか、なにかいってこない」

シュ・ハン＝ヘイは席を立って歩きまわりたい衝動に駆られたが、シートにすわったままでいた。こんな状況で感情のままにふるまうのは高位女性らしくない。

「最後に〝声〟を聞いたのはいつ？　いままでこれほど長く沈黙していたことなどなかったのでは？」

ほかの者たちが小声で話し合う。

「そのとおり」やがてジャオ・タン＝トゥオスがいった。「もうずいぶん長いこと聞こえてこないけれど、それなりの理由はあるのでしょう。わたしたちが困難に自力で立ち向かうことを期待しているのかもしれない」

「これまでになかったことね」シュ・ハン＝ヘイが皮肉っぽく応じる。「なんにでも口を出してきたのに、よりによって種族の最大の危機にさいして、なにもいうことがないわけ？」

全員がとまどって黙りこんだ。

「状況は思ったほど悪くないのかもしれない」しばらくして、チャイ・ズサ＝ルアギュルがつぶやいた。「とても有能なエスパーで影響を受けた者もいるようだけど、それは例外で、ほとんどはそこまでの能力を持たない者たちだから」

「ヌジャリンの状況はどう説明するの？」シュ・ハン＝ヘイが挑むようにたずねる。

「あそこはいつもすこしちがっていたでしょう？」と、チャイ・ズサ＝ルアギュル。

シュ・ハン＝ヘイは懸命に興奮をおさえた。いまは冷静に話をしなくてはならない。ここが大事なところだとわかっていた。彼女は高位女性であり、もうしばらくその立場にとどまるつもりだった。周囲の者たちは頭に血が昇り、この状況で拙速《せっそく》な判断を下そうとしている。だれかがかれらをなだめ、最初にすべきことはなんなのかを考えさせなくてはならない。シュ・ハン＝ヘイの話になら耳を貸すはず……たいていの場合は、だが。

「そのとおりね」と、しずかに是認する。「でも、だからといって、状況がとても不安だという事実が変わるわけじゃない。〝声〟の指示がないのはたしかだけど、困難な状況にあることを伝えるのはむだではないはず。もしかすると、カルタン人の領域で起きていることに、まだ気づいていないのかもしれない。呼びかけましょう。とにかくやってみなくては」

〝声〟が気づいていないかもしれないと示唆するだけでも冒瀆《ぼうとく》だった。〝声〟はつねに、あらゆる情報に精通しているはずだったから。このときはだれも気にしていないようだった。明らかにだれもが不安を感じているのだ。まだためらいはあるようだが、シュ・ハン＝ヘイの見るところ、それはたがいに虚勢を張っているようなものだった。かれらは自分たちがカルタン人を指導し、あらゆる危機に自力で立ち向かうことを夢想している。遍在するように思える〝アルドゥスタアルの声〟に対して反抗心のようなものを感じているのだ。

シュ・ハン＝ヘイは突然、あきらめの気分につつまれた。昔はこうではなかったのに。だが、同じことだ。なにを夢想しようと……かれらは〝声〟を必要としている。最後には全員が同意して、ちいさな容器からヌジャラの涙をとり出し、〝声〟に呼びかける準備をした。いささか丁重に見えるのは、シュ・ハン＝ヘイへの敬意のあらわれだろう。

〈ばかめ！〉彼女は急な怒りに襲われた。

だが、どうにか自制して、自分もパラ露をひとしずく手にとる。

だれもが彼女に期待のまなざしを向けていた。ヌジャラの涙を握りしめ、目を閉じる。

「種族に降りかかっている不運に意識を集中して。〝アルドゥスタアルの声〟に助言をもとめます！」

ほかの者たちが唱和するのが聞こえ、彼女は目を開いた。

全員が目を閉じてしずかにすわり、思いをできるだけ鮮明に伝えるため、ほとんど聞こえないくらいの声でつぶやいている。

シュ・ハン＝ヘイは同調しなかった。むだだとわかっていたから。手のなかの〝涙〟は消滅したが、なにも感じない。自分にまだ〝アルドゥスタアルの声〟を聞く能力があるのかどうか、疑わしくなる。〝声〟がどれほどの強さで頭に響いてくるかは充分に知っているというのに。

しばらくじっとすわって、ほかの者たちを観察した。だれかが反応するのを期待したが、なにも起きない。

〝アルドゥスタアルの声〟は呼びかけに応じなかった。

4

ダオ・リン＝ヘイはまだ《ナルガ・サント》内の通廊を充分に把握していなかった。古代船の内部を見てまわる機会はほとんどなかったし、なにしろ巨大なので、ぜんぶを見ようと思ったら何年もかかってしまうだろう。この点ではスコ＝タ＝ミングも役にたたなかった。自身の境界の外に存在するものの情報を提供するようには設計されていなかったから。

あるいは〝存在したもの〟というべきか。《ナルガ・サント》は大きく損傷していたから。

「スコ＝タ＝ミング内にいることもできるだろう」船が惑星カルタンに向かうのではなく、全知者の指示にしたがっているのがわかると、オーグ・アト・タルカンがいった。「充分にひろいから、かくれ場にはこと欠かない。だが、スコ＝タ＝ミングはヴォイカの管理下にある。べつの区画にうつったほうが安全性は高い」

ダオ・リンは同意した。なんとしてもヴォイカの近くからはなれたかったのだ。認めるくらいなら舌を噛み切りたい気分になるものの、全知者たちが恐いというのが事実だった。

ヴォイカは変わってしまった。パラ露をあつかう力がなくなったからではない……そうだったら、ダオ・リンも同情をおぼえただろう。かれらの変化はもっと根深いものだ。〝外〟にいるカルタン人に対する、見知らぬものすべてと戦えという命令は、ダオ・リンに不快感を催させた。

ヴォイカはオーグ・アト・タルカンがもたらした、この宇宙におけるカルタン人の起源と歴史を知っているはず。ダオ・リンよりも前からかれを知っているのだから。かれらはオーグ・アト・タルカンが目ざめる前からさまざまな事情を知っていた。ダオ・リンには、かれらが正しい結論を導き出せたはずだと思えた。

もちろん、ダオ・リンもヴォイカがなんでも知っていると信じていたわけではない。かれらは高齢で、いささか視野がせまい。だが、きわめて知性的だという事実は変わらないはず……ニッキ・フリッケルがなんといおうとも。

いまにして思えば、ヌジャリンでの奇妙な出来ごとの話を聞く前からヒントはあった。エスパー数名の不手際、計画の失敗、謎めいたパラ露の盗難といった報告があったのだから。ヴォイカの知識と知性があれば、そうした報告と、ノクターンとパラ露の関係についてのオーグ・アト・タルカンの話を結びつけることもできたはず。

だが、かれらはそれができなかった。

なぜか？

ダオ・リンは数日前からこのことを考えつづけていたが、満足できる答えは得られていなかった。

「いっしょにきて、手を貸してもらいたい」ダオ・リンが自身の思いと格闘しているのを知って、オーグ・アト・タルカンがいった。気をそらそうとしているだけだとはわかっていたが、彼女はそれにしたがった。いずれにせよ、彼女にできるのは補助的な作業だけだ。

かれらは《ナルガ・サント》の船首側の奥深くへと進んでいった。しばらくはパイプ軌道列車を利用できたが、一ステーションで外に出て方角を確認していると、搬送カプセルに不具合が生じたのか、ドアが開かなくなった。カプセルは停止したまま動こうとしない。

「こうきたか」と、オーグ・アト・タルカン。「われわれが行方をくらまそうとしているのに気づいて、搬送システムを麻痺させたようだ。おみごと……かれらにできるとは思っていなかった。スコ＝タ＝ミングへの影響力は予想していた以上らしい」

ダオ・リンはかれの言葉を信じていいのかどうかわからなかった。混乱しきっていたから。一方では、ヴォイカがこんなことをする理由の想像がつかない。他方では、徐々にはっきりと、なにかがおかしいと思いはじめていた。

べつのカプセルを呼ぼうと制御盤を操作するオーグ・アト・タルカンの姿を見て、ダオ・リンはふと思いついた。

「あなたは《ナルガ・サント》の船長だったわけだろう。スコ＝タ＝ミングにはそれがわかるし……船長としての権限も認識できるはず。きっとあなたのいうことを聞く。ヴォイカではなく！」

「そのとおりだ」オーグ・アト・タルカンのおちつきぶりが彼女には不気味だった。「本来なら……だが、そうはならない」

ダオ・リンは満足できなかった。

「どうして？」と、理由を問いただす。

オーグ・アト・タルカンは制御盤からはなれて背筋をのばし、考え深げにダオ・リンを見つめた。その視線に、彼女の頭部の毛が逆立った。

「スコ＝タ＝ミングとはなんなのか、考えたことはあるか？」しばらくして、かれがたずねた。

「それは……コンピュータだろう」ダオ・リンが驚いて答える。「《ナルガ・サント》を制御して操縦する、巨大な人工脳」

「ちがう」ぞんざいとさえいえる口調だった。「スコ＝タ＝ミングは道具で、それ以上のものではない。なにかを指示したり管理したりするのではなく、命令にしたがうようにつくられている。ある程度の知性はあるが……それは作業の遂行に必要だからあたえられたものだ。そのほかに目的はない」

「ごくふつうのことだと思うけど」ダオ・リンはとまどった。「われわれの船にも司令脳があって、同じように機能する。それ以外は考えられない。できるだけ知性的・効率的にして、同時に船長の指示にしたがうように設計する。それがどうした？」

　オーグ・アト・タルカンは直接の回答を避けた。

「司令脳とは音声でやりとりできるのか？」

「もちろん！」と、ダオ・リン。

「どんな声でしゃべらせている？」

「いろいろある……どこで、だれがプログラミングしたかによるだろうが」

「スコ＝タ＝ミングの声を聞いて、気づいたことはないか？」

「べつに！」ダオ・リンはわけがわからなかった。

「あれは女性の声だ」と、オーグ・アト・タルカン。

　ダオ・リンはこれまで、そんなことに注意をはらっていなかった。ほかのだれかが言及するのを聞いたおぼえもない。彼女にとっては完全にどうでもいいことだった。

　オーグ・アト・タルカンが彼女を見つめている。

「スコ＝タ＝ミングはとても古いものだ。長いあいだずっと孤独だった……人工脳が孤独を感じるとすればだが。ただ、ある種の人格をそなえていたのはたしかで、それが長い年月のうちにどうなったかはだれにもわからない。われわれにはしたがうだけだったが、ヴォイカはスコ＝タ＝ミングを対等なパートナーとしてあつかい、助言と助力をもとめた。思うに、スコ＝タ＝ミングはヴォイカに共感のようなものをおぼえたのではないか。《ナルガ・サント》にヴォイカ以外の生命体がいるのを知らなかった可能性もある。やがてわたしが目ざめ、スコ＝タ＝ミングも当時のことを思い出した。わたしはスコ＝タ＝ミングが思い出したくない時期の象徴なのだ。むしろあれはきみたちの仲間でいたがっている……それが可能なかぎりで。わたしに直接反抗することはできないが、わたしを無視している」

「声が女性だということと、どういう関係が？」

オーグ・アト・タルカンは気まずそうな態度を見せた。

「そのほうが命令しやすいと思った」小声でそうつぶやき、制御盤を最後に一瞥《いちべつ》すると、すばやくからだの向きを変える。

「ここでできることはもうない。べつの道を探そう」

数日かけてべつの道は見つけたものの、当然、パイプ軌道システムを使ったほうが早い。だが、ヴォイカは……もちろんスコ＝タ＝ミングの手を借りて……あらゆる輸送システムを停止させたようだった。そうなったのがカプセルの外にいるときだったのは運がよかった。そうでなければカプセルから出られなくなっていただろう。チューブ内は真空状態だから。

《ナルガ・サント》の船首部分はずいぶんようすが異なっていた。住民がいなくなって久しい居住区画も、その異質さをすこしも減じていない。

「ここはナックの領域だった」オーグ・アト・タルカンが説明する。

ダオ・リンはナックのことをほとんど知らなかった……それは驚くようなことではない。相互理解が可能なほどの意思疎通をするのがひどく困難な種族だから。

オーグ・アト・タルカンもまた、かれらと再会したとしても、理解するのはむずかしいだろうと認めていた。ただ、《ナルガ・サント》にはもう長らくナックの姿はなかった。かれらの異質な文化の名残がわずかにのこっている程度だ。それにもちろん、かれらが使っていた技術装置類も。

オーグ・アト・タルカンはそれを利用しようとしていた。

「このどこかにスコ＝タ＝ミングに命令を伝える司令所があるはず。宇宙の境界をこえて船を操縦できるのはナックだけだ。かれらなら、危機的な状況であることを強調した命令が出せる可能性がある。《ナルガ・サント》の操縦に関する命令にかぎられるが……いまはそれこそが重要だ。司令所が見つかれば船をカルタンに向かわせることができて、ヴォイカは手出しできなくなる。スコ＝タ＝ミングはわたしの命令を無視するが、ナックの命令インパルスには逆らわないだろう」

かれらは司令所を探しはじめた。

ただ、ナックはそうした重要施設の外観について独自のイメージに固執し、《ナルガ・サント》の当該部分を自分たちの好みに合わせて模様替えしていた。そこではすぐに方角がわからなくなり、さまざまなキャビンの重要性を外観で判断するのもむずかしかった。

ダオ・リンは以前からスコ＝タ＝ミングの内装の単調さに不満を持っていた。カルタン人は装飾に気を使うたちではなく、宇宙船の内部は質素なものだったが、スコ＝タ＝ミングはそれに輪をかけて殺風景《さつぷうけい》だった。

それでもナックの居住区にくらべたら、スコ＝タ＝ミングさえ興奮に満ちた場所に思える。

キャビンはどれも同じに見え、壁はグレイ一色、スイッチボードや制御卓も同じ色合いで、どれがなんのスイッチなのかわからない。ナックの感覚は独特で、すべてちがうふうに見えるのだろうが、その独特の感覚が備わっていない両カルタン人には見分けがつかなかった。

長いこと探索をつづけ、ひろいキャビンを発見。そのサイズと出入口の数から、とくに重要な場所だと見当がついた。《ナルガ・サント》のナックは開放的な生活空間をとくに重視していたらしい。キャビンはすべて付近のキャビンといくつもの通廊で結ばれ、居住区画は開口部だらけで、頑丈な壁がほとんど見あたらないほどだった。だが、問題のひろいキャビンには出入口がふたつしかなく、しかもハッチが閉じられていた。

両カルタン人はハッチを開放しておくことにした。ナックの奇妙なメンタリティを考えると、ハッチを閉めた場合、なにが起きるかわからない。ホール内をできるだけ居心地よくととのえる。かなり急いでスコ＝タ＝ミングをあとにしたので、生活用品はほとんどなにもないに等しかった。数週間分の凝縮口糧がある程度だ。ナックの居住区画で水を発見できたのにはすこしばかり驚いた。

「スコ＝タ＝ミングからの贈り物だ」オーグ・アト・タルカンが推測した。「われわれがここにいるのを知り、世話をする義務があると判断したのだろう。スコ＝タ＝ミングの恨みを買わないかぎり、水は手に入る。食糧も手配してくれるかもしれない。ヴォイカに気づかれなければだが」

「かれらもわたしたちがここで餓死するのは望まないはず」ダオ・リンが確信をもっていう。オーグ・アト・タルカンは奇妙な視線を彼女に向けたが、それ以上なにもいわなかった。ダオ・リンはなにがあろうとも、スコ＝タ＝ミングや全知者のいいなりになるつもりはなかった。ナックがなんに使っていたのかわからない大きな浴槽のような容器をきれいに洗い、そこにいっぱいに水を満たす。いざというときのための用心だ。

居心地よく安全にすごせるよう、彼女にできることはそれくらいしかなかった。

その間、オーグ・アト・タルカンはせっせとホールの技術装置をセットし、ダオ・リンも手伝おうとしたが、それはかんたんなことではなかった。そこにある装置はすべてナック用に調整されていて、カルタン人にはほとんど手出しできなかったから。

ダオ・リンは作業をつづけるオーグ・アト・タルカンの忍耐強さに感嘆した。彼女のほうはすぐに装置をたたき壊したくなったのに。そんなことをしてもなんの役にもたたないだろうが。

彼女は混乱し、神経質になり、自分でもそれがわかっていた。なにも起きはしない、ヴォイカはいずれ正気にもどるし、スコ＝タ＝ミングが最悪の事態を防いでくれると自分にいいきかせるのだが、それを信じきることはどうしてもできなかった。恐ろしい考えが下意識に忍びこみ、何度追い出してももどってきてしまうのだ。

ナックの居住区の外でスイッチボードのようなものを探してくるよう、オーグ・アト・タルカンにいわれたときにはほっとしたもの。なにかすることがあれば、恐ろしい考えを閉め出しておけるから。

ちいさなキャビンに足を踏み入れるときは、なにかあればすぐに外に逃げられることを確認した。妙なものが見えたときは、船のこのあたりで暮らしていたことがあるオーグ・アト・タルカンにたずねてみようと心に決める。だが、そのロボットの姿を見たとき、ほかの疑問はすべて吹っ飛んでしまった。

ロボットは小型で機敏で、とくに目的もなく動いているように見えた。前面に金属の触角があり、それでなにかを探すように、床や壁をまさぐっている。

ダオ・リンがはじめて目にするタイプのロボットだった。彼女は掩体《えんたい》の陰にかくれ、待ち受けた。

ロボットは彼女が足を進めようとしていた通廊をジグザグに近づいてきて、十メートルほど手前で停止した。

「だれですか？」と、金属的な声でたずねる。

彼女はためらったものの、立ちあがり、掩体の陰から出ていった。

「わたしはダオ・リン」と、ゆっくり答える。「なにか用か？」

「あなたはわたしといっしょにきます、ダオ・リン」と、ロボット。それは要請でも命令でもなく、たんに事実を述べている印象だった。

「どこに？」

「スコ＝タ＝ミングにもどります！」

「だれにいわれてきた？　ヴォイカ？」

ロボットが金属の触角を振りまわす。ダオ・リンは突然、この小型マシンは自律的な行動ができないのだと感じ、一歩足を踏み出した。

「わたしにもどってもらいたいのか」と、遠くからこの小型マシンを操り、状況を観察しているはずの全知者たちに向けていう。「よかろう、その気はある。でも、その前に、《ナルガ・サント》でカルタンに向かうと約束しろ。わたしたちの種族は真実を知り、目の前に迫った変化にそなえなくてはならない」

「いいえ」全知者がロボットを介していった。「あなたはなんの要求もできません、ダオ・リン。無条件にわれわれの決定にしたがうことを期待しています。ロボットが案内します。ついてきなさい！」

「ごめんだね！」と、ダオ・リン。

小型ロボットはすでに向きを変えていたが、同じ場所から動いていない。無害そうに見えるが、ダオ・リンは突然、危険が迫っているように感じた。

直感にしたがい、身を伏せて安全な場所に逃げこもうとする。まだかくれきっていないうちに、しゅっという擦過音が聞こえた。

ヴォイカは明らかに、必要とあればダオ・リンを、意志に反してでも連れもどすつもりだったようだ。さっきの擦過音から考えて、彼女を……いまはまだ……殺す気はないようだが。

用心しながら通廊をのぞきこむ。

ロボットは動いていなかった。通廊も無傷だ。小型マシンの背面からは銃口が突き出していた。

「いわれたとおりにしなさい！」全知者が憤慨して叫ぶ。ロボットの小型スピーカーから聞こえる声にはヒステリーと狂気が感じられた。「逆らうなら、あなたを殺さなくてはならない！」

それがわかれば充分だ。ダオ・リンは音もなく安全な場所まで後退し、その場で待機した。

待つほどもなく、ロボットが角を曲がって姿を見せた。金属の触角をしきりに動かしている。小型マシンが彼女のシュプールを感知できるのはまちがいなかった。数千年にわたってだれも立ち入らなかった場所で、生命体のシュプールを見つけるのはむずかしいことではない。

小型ロボットを破壊するのには抵抗があった。あのマシンも《ナルガ・サント》の備品であり、《ナルガ・サント》はカルタン人にとって、神聖とさえいえるものだから。将来どうなるにせよ……この巨大船には多くの技術的奇蹟が存在している。それはカルタン人のために、なんとしても保存しておくべきものだった。どんなちいさな備品でも、ダオ・リンの一存で破壊したり、傷つけたりしていいものではない。

彼女は追ってくるロボットをまこうとした。

だが、なにをしようと……マシンは彼女を追ってきた。障害物をものともせず、必要があれは空中に浮かんであらゆるものの上を飛びこえ、金属の触角で床をまさぐり、奇妙な動物のように追跡してくる。

彼女はこの執拗さを見て毛を逆立て、ロボットをまくのは不可能だと悟った。

ヴォイカが本性をあらわしたのだ。かれらはもうダオ・リンに興味がない。彼女を殺すことにためらいがないなら、オーグ・アト・タルカンを見逃すこともないだろう。

かれらは頭がおかしくなったにちがいない！

ダオ・リンは丸腰だった。スコ＝タ＝ミング内にはなんの危険もなく、武器を持たずに歩きまわるのがふつうだ。スコ＝タ＝ミングを出るとき、凝縮口糧は持ってきたが、武器のことは頭になかった。

オーグ・アト・タルカンもやはり武装していない。

ただ、パラ露ならまだすこしあった。それがあればたいていのことができるのは経験上わかっている。彼女は小箱をとり出したが……なかは空だった。

ヌジャラの涙は消えていた。使いきっていなかったことには確信がある。パラ露は小箱のなかで消え、彼女はそれに気づかなかったということ。

オーグ・アト・タルカンはまだパラ露を持っているにちがいない。それも消えてしまったかもしれないが、そうは思いたくなかった……いまはまだ。その心配は実際にそうなったときすればいい。

ロボットのことは気にならなかった。追ってきているのは確実だが、小型マシンの前進速度はもうわかっている。先行してオーグ・アト・タルカンに警告し、必要な準備をするだけだ。

＊

「パラ露？」オーグ・アト・タルカンはダオ・リンが持ってきたスイッチボードを見ても興味をしめさなかった。「きみにまだ使えるとは思えないが」

「ためさせて」小型マシンが彼女のシュプールを追ってきているのはまちがいない。「うまくいけば、心配ごとがひとつ減る」

「うまくいかなかったら？」

「ヴォイカのロボットに襲われるだけだ」ダオ・リンは手短かに事情を説明した。

オーグ・アト・タルカンはそれ以上なにも訊かず、小箱を手わたした。五粒の〝涙〟が入っている。ダオ・リンはほっとした。

「これなら充分ロボットに対抗できるわ」

オーグ・アト・タルカンはなにもいわない。もうほかの作業にとりかかっていたから。

かれがさし迫った危険にあまりに無頓着なので、ダオ・リンはいささか腹立たしかった。だが、それもこう考えれば快く納得できる……オーグ・アト・タルカンはダオ・リンを信頼していて、ロボットに対処するのにかれの助けは必要ないと考えているのだ、と。

劣等感を感じているわけではないものの、あのしつこい小型マシンにはぞっとさせられる。オーグ・アト・タルカンが状況を完全に誤解していないことを願うばかりだ。

とにかく〝涙〟は手に入ったので、きた道を急いで引き返す。ロボットと遭遇すると計算した場所に近づくと、彼女はわき通廊に身をかくした。

計算どおりだった。主通廊をのぞくと、ロボットがはるか前方で通廊を嗅《か》ぎまわっているのが見えた。パラ露をひと粒手にとると、効果が感じられた。ロボットに意識を集中。小型マシンが突然床から浮きあがり、壁に衝突した。

ダオ・リンはすぐにわき通廊に引っこみ、待機した。

数秒後、聞き慣れた作動音が耳にとどいた。ロボットはまだ動いているようだ。角から窺《うかが》うと、マシンが向きを変えて近づいてきていた。いくつかちいさなへこみができた程度で、機能に損傷はない。

理解できなかった。力いっぱい投げつけたし、相手は小型ロボットだ。内部が破壊され、マシンはスクラップになっているはず。

パラ露が原因としか考えられなかった。オーグ・アト・タルカンから受けとったときすでに含有エネルギーが低くなっていて、ダオ・リンが充分な力を発揮できなかったのだろう。

力はまだ使いきっていなかったが、もう一度やってみる前に、さらにふた粒のプシコゴンを握りしめた。効果が完全に感じられるまで待ち、ごく慎重に解きはなつ。

ロボットが浮きあがり、天井に激突し、火花を散らしながら床に落下した。破壊音が響き、ダオ・リンはすばやく頭を引っこめた。マシンがようやくしずかになる。

のぞいてみると、ロボットが床に転がっていた。数本の触角がなくなり、外殻は黒ずんでへこみ、内部からちいさな破断音が聞こえる。

ダオ・リンは疑わしげにロボットを見つめた。のこりのふた粒も使って完全に破壊したかったが、それはむだ遣いだと自分にいいきかせる。パラ露はもう手に入るかどうかわからなかった。この先、のこるふた粒が必要になる場面があるかもしれない。

彼女は小箱をしまいこんだ。適当な金属片を探して、マシンをこじ開けにかかる。外殻にちょうどいい隙間を見つけた瞬間、銃口が彼女のほうを向いた。ぎりぎりで跳びのいたとたん、ロボットが銃撃しはじめた。

毛を逆立て、鉤爪をむき出して、彼女はせまい壁の窪みにからだを押しこんだ。怒りと恐怖のうなり声が漏れる。見ると白熱のビームが通廊の壁にあたり、大きな穴を穿《うが》っていた。ヴォイカは小型マシンに充分な武装をさせていたようだ。

小型マシンのエネルギーがいつまでもつのかわからない。あたりはすでに不快なほど暑くなっていて、ビーム射撃がこれ以上つづくようなら、最後のふた粒の〝涙〟を使ってロボットを破壊しなくてはならなくなる。

そのとき、背後に動きを感じた。彼女のからだに押されてなにかがゆるんだようだ。さらにからだを押しこむと、そこはちいさなキャビンだった。外のちらつく光のなか、壁にふたつの影が見えて、彼女はぎょっとした。影がカルタン人の姿をしていたから。だが、すぐにそれが二着の防護服だとわかる。彼女はそれをつかんで通廊にほうりだした。ばりばりと音がして、数条のビームが二着のスーツを瞬時に灰にした。

静寂がもどってくる。ダオ・リンの鋭敏な耳がちいさな引っ搔くような音をとらえた。不気味なロボットがまだ作動しているのかと思い、恐怖をおぼえる。彼女は蓋を開けた小箱を片手で持ち、いつでも〝涙〟をつかめるようにして、できるだけ自分を高く売りつけようと意を決した。

まばゆい閃光がはしる。

視力がもどるのに数分を要した。顔がちりちりし、毛を燃やしたようなにおいが鼻をつく。間一髪で難を逃れたことがわかった。

やっとの思いで通廊をのぞくと、ロボットの姿はどこにもなかった。ただ、床にかすかに輝いている場所があり、それが小型マシンの最期をしめしていた。通廊は爆弾が破裂したような状態だ。

ダオ・リンは顔を引っこめ、大きく息をついた。空気はあまりいいとはいえず、熱いし、焼けたプラスティックのにおいがしたが、彼女はひと息ひと息を大いに楽しんだ。

全知者たちは次になにをしかけてくるだろう、と自問する。ダオ・リンとオーグ・アト・タルカンの息の根をとめたと思っているだろうか？　そうだとしたら最善なのだが。その場合、全知者たちはもうかれらを探そうとはしないはず。

ヴォイカがさらに同じようなロボットをくり出してくるのではないかと考え、吐き気をおぼえた。

そのとき思いついたことがあった。いままで思いつかなかったのが不思議なくらいだ。《ナルガ・サント》は巨大な宇宙船だが、ダオ・リンとヴォイカのあいだの距離は、有能なエスパーの能力を考えれば比較的ちいさい。ダオ・リンはきわめて有能なエスパーだ。

ロボットを攻撃したので、ふた粒から得たエネルギーはもうあまりのこっていないはず。それでもさらにヌジャラの涙を使うのにはためらいがあった。エネルギーを追加せずにやってみると、驚いたことに、ナナ・ベア＝ヴォイカの声がはっきりと伝わってきた。

「……かれらが生きていようがいまいが、もうどうでもいい。いっしょに連れていく。

かれらにはどうにもできない！」

　そこで接続はとぎれた。

　接続が切れたのはパラ露の効果が切れたせいなのかどうか、ダオ・リンにはわからなかった。無意識のうちに自分から切ったのかもしれない。

　最悪の予想があたったとわかったから。

　急いでオーグ・アト・タルカンのもとにもどる。かれはまだナックのスイッチボードと格闘していた。ダオ・リンにはそれに意味があるのかどうかわからなかった。

「ヴォイカは全員で自殺する気だ」ホールに駆けこんで、すぐにそういう。「盗聴できた。《ナルガ・サント》を自分たちごと破壊するつもりだ……われわれも道連れにして」

　彼女はオーグ・アト・タルカンを見て、かれがこの瞬間、なにを思い、なにを感じているのだろうと訝った。

　かれは異宇宙からやってきた……五万年以上前に。そんな長い時間を生きのびて、いま、数名の老カルタン人が正気を失ったせいで死のうとしている。なにかいうことはないの？

「われわれ、まだ生きている！」オーグ・アト・タルカンがいった。

5

グウネン星系には十二個の惑星が存在するが、生命を有するのはただひとつ、惑星カルタンだけだ。そのカルタンもまた……人類の基準では……生きやすい環境ではなかった。寒冷な世界で、〝夏〟と呼ばれている季節も、ほかの世界なら真冬あつかいだろう。赤道直下でそうなのだ。惑星の大部分は氷と雪に閉ざされている。

カルタンはカルタン人の故郷世界と認識されていて、ほとんどのカルタン人はいまもまだ、自分たちはその荒涼とした世界で進化したものと信じている。種族の起源が異宇宙にあり、アルドゥスタアル銀河のどの惑星でも選択できたと考えると、なぜ現在のカルタン人の祖先たちが、よりによってカルタンのような世界に入植することにしたのか、理解に苦しむだろう。もっと楽に生きられる惑星がいくらでもあるのに。

だが、その選択にはたぶん理由があった。当時のカルタン人は、この不毛の惑星で子孫がたちまち蛮族に退化してしまうとは考えなかったのだろう。

だとしたら、かれらは判断を誤った。

カルタンの首都はト・ジン・カルタンと呼ばれる。〝世界の心臓の都市〟といった意味だ。この場合、〝世界の心臓〟とはト・ジン・カルタンが築かれた巨大な峡谷を指している。

宇宙港は都市の外、嵐の吹き荒れる高台にあった。連絡艇が着陸するとグライダーが待っていた。以前にもカルタンを訪れたことがあるニッキ・フリッケルはスー・エル＝キョンに好奇の目を向けた。若いカルタン人が惑星をどう感じたか、ぜひ聞きたいと思っている。

だが、スー・エル＝キョンは好奇の視線を感じとり、なにも感じていないふうをよそおった。彼女の意見を知るために、グッキーはその思考を読まなくてはならなかった。彼女は打ちのめされていた。

〈これがカルタン？　わたしの故郷？　この氷の塊が？〉

ネズミ＝ビーバーのグッキーはスー・エルが衝撃を受けないよう気を配り、惑星の気候をあらかじめ説明しておいたのだが、どうやら彼女は信じていなかったらしい。惑星フベイは温暖なジャングル世界で、カルタン人はそこで快適にすごしている。ラオ＝シンにも氷惑星は存在したが、人気のある場所ではなかった。

グライダーに乗るには徒歩で数メートル歩く必要があった。季節は……惑星カルタンの基準では……真夏だったが、凍りつくような寒風がひろい平原を吹きすさび、雪の気配さえ感じられる。グライダーのなかも寒かった。グッキーが凍えながら「暖房は入れられないの?」と、たずねたが、操縦士は理解できないという視線を返しただけだった。

「寒いのよ!」スー・エルが特権的なエスパー学生だったころのような傲慢さで叫んだ。

「なんとかしないと、わたしの力を思い知ることになるわよ!」

操縦士が一瞬驚いた顔を見せ、機内が暖かくなった。ただ、グッキーはこのカルタン人男性の思考を読んで、いささか不安になった。

スー・エルは平然とグライダーの設備を使い、ニュース放送を選択した。

重苦しい気分で、次々と伝えられる不吉なニュースに耳をかたむける。

カルタン人はプシ能力の使用をためらうことがなかった。医療や心理学分野全般、法学や犯罪学、軍事や諜報、政治、芸術、科学、技術分野など、エスパーが能力を使える場面ならかならず使うといっていい。プシ能力がなければなにもはじまらない。だが、プシ能力が発現するのは女性だけなので、カルタン人男性にはろくな仕事がのこっていなかった。

事実上エスパーになれないカルタン人男性たちはずっとその状況を受け入れてきた。女性の優位を認めるしかなかったから。

だが、いま、エスパーの力は弱まっていた。失敗することが多くなり、目立つ大事故の傍らで、無数の小事故が毎日のように起きている。

現状に不満を持つカルタン人は昔から存在していただろう。だが、かれらはこれまで派手な動きができなかった。なにか違法なことをすれば、すぐにエスパーに捕まってしまうから。超能力がなくても高い地位に就く機会はあたえられていいと考えていたのは、カルタン人男性ばかりではなかった。女性も全員がエスパーというわけではないし、エスパーも全員がすぐれた知性に恵まれているわけではない。

ほんとうに知性の高い非エスパーたちは明らかに、カルタン文明の存続を危惧していた。だが、それはかならずしも変化に異議を唱えることを意味しない。かれらはおだやかで慎重な変化をもとめた。カルタン人にとって、規律と共同体意識はきわめて重要なものだったから。

知性に劣る非エスパーたちは焦《あせ》りと混乱と動揺のなかにいた。一部のカルタン人はこれを利用して、さまざまな噂を流すことで大衆を思いのままに動かそうとした。

これまでそうした煽動《せんどう》はエスパーの監視で防がれていた。だが、いまは驚いたことに、どれほど冒険的なアイデアを実行にうつしても責任を問われることはない。

それをきっかけに、カルタン人の規律が根底から揺らぎはじめた。

このことから、カルタン人が規律にしたがう特別な性質を生まれながらに有しているわけではないことがはっきりした。

最近のト・ジン・カルタンの生活は荒れていた。市内は騒然として、あちこちで暴力沙汰が起き、急に力を失ったエスパーが迫害され、これまでおさえつけられていた感情の爆発が頻発した。原因は将来に対するたんなる不安から、怒りにまかせた破壊衝動までさまざまだ。

エスパー側は……当然、まだそれなりに能力が使える者たちだが……懸命に旧秩序を維持しようとし、そのさい、暴力に暴力で対抗することもあった。この手法は役にたたず、対立を激化させるだけだった。

グッキーはスー・エルを《ソロン》に置いてくればよかったと後悔していた。もちろん、若いカルタン人をテレポーテーションで船に連れ帰ることはできる。だが、それではなにも解決しないだろう。カルタンの情勢が不安定になっているのは知っていたが、ここまでひどいとは思わなかった。キャビンで受領した報告では、問題はむしろ論理の部分で生じているという話だったのだが。

いまト・ジン・カルタンで起きているのは理論闘争とはほど遠い。グライダーの操縦士は市内でもまだしずかな場所に着陸して、事態をちいさく見せるようなまねをいっさいしなかった。それどころか、スー・エルにショックをあたえて楽しんでさえいるようだ。

そのもくろみはみごとにあたっていた。

ネズミ＝ビーバーはどちらの肩を持つつもりもなかった。エスパーの懊悩《おうのう》も非エスパーの気分も、どちらも理解できる。

　エスパーが種族のためにはたした役割ははかりしれないし、そのために大きな犠牲もはらっていた。かれらの多くは個人的な自由や子供をあきらめ、生活のすべてを種族に捧げていた。そのさい、健康や生命さえ失った者もすくなくない。エスパーであるということはかならずしも祝福ではなかった。プシ能力にともなうデメリットを非エスパーに開示せず、かくしてきたのがまちがいだったのだ。パラ露のあつかいがどれほど危険なのかを知らないカルタン人は多く、エスパーのなかにさえ、爆発的な細胞増殖などの致死的な副作用があることを知らない者がすくなくなかった。パラ露を監視する者たちに特権があたえられるのは当然だし、パラ露のポジティヴな効果しか知らない者たちに、監視者たちが特権を享受できる時間はごくかぎられたものであることを説明しなかったのは、明らかに失策だった。エスパーたちがおかしたまちがいは、その能力がもたらす力に惑わされてしまったことだ。パラ露はかれらに、非エスパーの同族がやるよりもずっと早く、徹底的に、完璧に仕事を成し遂げる可能性を開いた。同時に種族の者たちを、プシ能力がなければ苦労して身につけなくてはならない作業から遠ざけ、第二階級をつくり出してしまった。その者たちは劣等感と無能感にさいなまれ、当然の反応をしめした。こうしてエスパーたちは、非エスパーが自身で問題を解決する道を閉ざしてしまった。まるでちいさな危険や失敗から子供を守ろうとする、過保護な母親のような態度をとったのだ。非エスパーは失敗から学ぶ機会を奪われた。もちろんこれは一部の分野にかぎられたことだったが、その影響は予想がつかない。

なによりも大きな問題は、エスパー自身がパラ露にたよりきってしまったことだ。当然、プシコゴンがいつかその特殊な力を失うかもしれないなどとは考えもしなかった。かれらの計画においてそうした事態は考慮されておらず、それを責めることはだれにもできない。ただ、カルタン人エスパーはパラ露をもっと慎重にあつかうべきだった……第一に危険であり、第二にプシコゴンがきわめて不安定で、しかもとてつもなく遠い場所に起源を有していたから。人工的に合成はできず、カルタン人はパラ露を一粒のこらず、べつの銀河から調達しなくてはならなかった。

カルタン人はノクターンをアルドゥスタアル銀河に定住させようとしたことがあるのだろうか、とグッキーは考えた。あるとしても、うまくいかなかったのだろう。《ナルガ・サント》には十八本の棒段階ノクターンがあったが、ノクターンが棒段階に移行すると、もう群れ段階のノクターンは生み出されなくなる。増殖をやめるのだ。それ以上は成長しない……すくなくとも、自力では。棒段階ノクターンが成長するのは、成熟した群れ段階の同族を誘引し、そのなかに浸って棒の素材を増大させるときだけだ。つけくわえると、ノクターンの生命形態はきわめて特異で、悪意はなくても宇宙航行の大きな危険となるため、移植実験自体が禁止されている。

それでもネズミ＝ビーバーなら、熱心なカルタン人エスパーにこの種の実験をまかせたかもしれない。

だが、いずれにせよ……それはエスパーの有利にしかならなかったろう。

軽微な事故なら非エスパーも起こしている。

だが、現状では、それは二義的なことだった。カルタン人は特殊な内戦に突入しようとしていたから。エスパーと非エスパーの戦いだ。

その内戦も終わりが見えてきていた。パラ露が効果を失ったのだ。プシオン現象の特性で、三次元・四次元的な思考ではその論理を解明しきれない。プシ定数が低下した範囲に、はっきりした空間的な境界があるわけではなかった。もしそうならカルタン人もとっくに事態を理解していただろう。かれらもばかではないのだから。とはいえ、プシオン現象のひろがり方が一見無秩序だとしても、それはすぐにアルドゥスタアル銀河全体をつつみこむだろう。そうなればエスパーたちはことごとく力を失ってしまう。あらゆる場所で、あらゆる者たちが。まぬがれる者がいたとしても……それは一時的なことだ。ずっとというわけにはいかない。最終的に、カルタン人のエスパーはいなくなってしまう。

そうなるまでのあいだに、この種族がばらばらに分断されるのを防がなくてはならない。それは人間性の……ここでグッキーは自分が人間ではなく、この言葉には留保条件をつける必要があることを思い出した……問題であるだけでなく、理性の問題でもあった。

死にゆく異宇宙に起源を持つ一銀河が丸ごと、この局部銀河群のなかに出現しようとしているのだ。いまのところ到着しているのは半分だけだが、のこりもあとにつづくことはすべての情報が示唆している。それ以外の銀河の転移も計画され、準備されているのか、異宇宙からほかになにが運ばれてくるのか、わずかでも知っている者はだれもいない。

すくなくとも、ハウリ人という仲よくなれそうにない連中がきているのはたしかだった。

異銀河の最初の一部は三角座銀河から八十万光年のポジションに出現した。カルタン人はその結果を……まともに思考できる生命体の論理がこの事態にさいしてちゃんと機能し、事実を前にして不条理な考えに流されなければ……じかに体験することになる。一銀河の異宇宙からの転移がどんな影響をおよぼすか、わかっている者はまだいなかった。いまはとにかく経験を積むことが重要で、そのためにもカルタン人を、勝者の存在しない内戦に突入させるわけにはいかなかった。

かれらには未知の危険に立ち向かう準備が必要だった。さらにはかなりの確率で、ハウリ人とも対峙《たいじ》しなくてはならないだろう。

ともあれ、それがグッキーの見解だった。ハウリ人の行動はがまんならない。かれら自身が正当と考える理由はあるのだろうが、自分はその理由が受け入れられないという確信があった。

カルタン人同士が争っている街路の上をグライダーが通過する。ネズミ＝ビーバーはスー・エルがそれをひどく不快に思っているのを読みとった。

「シュ・ハン＝ヘイのとこに向かうんだ。いますぐ！」と、操縦士に指示する。

かれはスー・エルの安堵とニッキの驚きを感知した……ニッキはグッキーのそんな口調を耳にするのがはじめてだったのだろう。そのひとことがどれほど場の雰囲気をよくしたかもわかっていない。

操縦士は一瞬ためらって、すぐに指示にしたがった。グッキーは無言で、かれのその決断に感謝した。カルタン人は同族のエスパーに対する敬意を大きく失っていて、それはグッキーにも理解できた。だが、かれは同じく毛皮をまとった別種族の、まったく別種のエスパーに対する敬意を、いつでも操縦士に教えこむ準備ができていた。

＊

シュ・ハン＝ヘイは高位女性であり、それは種族最高のエスパーの一員であることを意味した。そういうことになっているのだ。現実には、カルタン人が高位女性に指名されるさい、政治的な事情も絡んでくるのだが。

シュ・ハン＝ヘイはかれらを〝塹壕〟の会議場ではなく、市内にある一族の邸宅に招き入れた。ギャラクティカーに対する共感のあらわれともいえるが、正反対の意味かもしれない。グッキーとニッキはポジティヴに解釈することにした。スー・エルはどうでもいいことだと思っている。

若いカルタン人が高位女性を見たさいの印象は最悪だった。グッキーが考えを読むまでもなく、いますぐ《ソロン》にもどりたいと思っているのがわかる。スー・エルはシュ・ハン＝ヘイにほとんど感銘を受けていなかった。

高位女性は気づいてもいないようだ。若いカルタン人が二名のギャラクティカーといっしょにいることに驚いている。

「これはスー・エル＝キョン」と、グッキー。当然、シュ・ハン＝ヘイが興味を持ったことにはすぐに気づいている。「ラオ＝シン出身で、惑星フベイの生まれ、カルタン人の故郷世界カルタンより、フベイで暮らしたいと思ってるみたいだね」

シュ・ハン＝ヘイはこのいささか挑発的な言葉に反応しなかった。もちろん彼女も種族の真の歴史を、すくなくとも部分的には知っていた。ニッキとＰＩＧがカルタン人に向けて啓蒙的な通信を送っていたから。ただ、カルタン人はどこからともなくあらわれた異人の主張を、真に受けていないようだった。たぶんまず全知者たちがそれを受け入れ、偉大な真実を合唱しなくてはならないのだろう。

　高位女性はもっぱらスー・エルに興味をしめしていて、グッキーとＰＩＧのチーフのことは眼中にないらしい。

「あなたがラオ＝シンでの出来ごとに興味があることはわかりました」やがてニッキが外交官的な口調でいった。「ですが、わたしたちがここにきたのは、まったくべつの話をするためです」

　シュ・ハン＝ヘイはややとまどった表情を見せた。彼女は長身痩軀《そうく》で、かなりの高齢のはずだが、年齢を感じさせない。自分が話しているあいだはほかの全員が黙っているという状況に慣れているようで、その態度はいかにも傲慢だった。グッキーは内心で、彼女をテラナーの老嬢と比較しておもしろがっていた。つねに礼儀正しく距離を置き、友好的で愛想がよくて、真の感情を表に出すときはひかえめになるような女性と。

　ニッキにとってこの老カルタン人は、闘牛の前で振られる赤い布のようなものだった。

「それは失礼」シュ・ハン＝ヘイがいった。グッキーの予想どおりだ。「長い道のりを、わたしと話をしにきてくれたのでしたね。どんな助けが必要なのか、いってくれればできるかぎりのことはしましょう」

　シュ・ハン＝ヘイの言葉にはやや苦々しげな、自虐的なものが感じられた……ニッキには知りようもなかったが。

「助けは必要ありません」ニッキの答えには本人が意図したとおり、突きはなすような響きがあった。「むしろあなたのほうが、絶望的なまでに助けを必要としているはず。あなたがたのエスパーはもう役にたちません。まだ本人たちに問題があると思っているようですが、わたしたちがここにきたのは、その原因がパラ露にあると告げるためです。ヌジャラの涙は涸《か》れてしまったんです！」

ネズミ＝ビーバーはこの老カルタン人がイルトの顔の表情を読めないことに賭ける気になれず、片手で顔をおおって笑みをかくした。

一方、シュ・ハン＝ヘイはまったく表情を変えなかった。ニッキに向けていた顔をグッキーにうつし、問うような視線を投げただけだ。ネズミ＝ビーバーは無言の問いかけに答えた。

「パラ露は力を失ったのさ。まだ〝いつでもどこでも〟ってわけじゃないけど、ヌジャラの涙がまったく力をあたえられなくなるのは時間の問題だね。できるだけ急いで適応したほうがいい。危険が迫ってて、きみたちはそれにエスパー抜きで立ち向かわなくちゃならないんだから」

「ヌジャラの涙はどうして力を失ったのです？」シュ・ハン＝ヘイはそうたずねたが、その瞬間、彼女の頭に浮かんだ考えがネズミ＝ビーバーに衝撃をあたえた。

「きみから説明してやって！」と、ニッキにたのむ。

シュ・ハン＝ヘイは不服そうだったが、さいわい、ニッキは動揺しなかった。彼女の説明は簡にして要で、グッキーはそのあいだにさらにシュ・ハン＝ヘイの考えを読みとった。

かなりのことがわかった。

高位女性たちは〝アルドゥスタアルの声〟に呼びかけたが、答えは得られなかった。全知者の助言がこれまでになく緊急に必要なのに、かれらは沈黙している。

シュ・ハン＝ヘイはもう〝声〟を聞くことはないだろうと思っていた。彼女自身がエスパーで、パラ露が使えなくなっていたから。

その一方、ほかの高位女性たちも同じなのかどうかはよくわからなかった。彼女が自分の状態に口をつぐんでいるのは、超能力の発動に失敗したことを認めて一般の不安が大きくなるのを……正当にも……恐れたからだ。そこらのカルタン人がプシ能力を失うことと、高位女性がそのような災禍に見舞われるのとでは、意味合いがまったく異なる。

グッキーはシュ・ハン＝ヘイが状況の評価をどこかで見誤っているのかどうか、確信が持てずにいた。じつはまだ〝声〟が聞こえているのかもしれない……そもそも向こうが〝声〟を発しているとして。高位女性の呼びかけが全知者にとどいていないということも考えられる。

あるいは、すでに全知者が答える力を失っているのか。

ネズミ＝ビーバーはそう考えてぞっとしたが、《ナルガ・サント》のパラ露も効果を失っている可能性は排除できなかった。

カルタン人は《ナルガ・サント》から映像も音声も受けとっていない。巨大船についてはなんの報告もないようだ。

むしろシュ・ハン＝ヘイはべつの報告で頭がいっぱいだった。やはり宇宙船に関することで、ニッキの話を恐ろしいほどはっきりと裏づけるものだ。

カルタン人はノクターン銀河から近く帰還するパラ露回収船に期待をよせていた。だが、到着した船にパラ露はなかった。船長たち……カルタン人は庇護者と呼ぶ……は、ろ座での奇妙な出来ごとを報告した。群れ段階のノクターンが通過シンボルに反応せず、船を襲ってきたという。一部の庇護者は疑念を口にした。群れが急に敵対的になったのは棒段階のノクターンが、指揮とまではいわないが、後押ししているのではないか、と。

シュ・ハン＝ヘイはニッキの説明を表情ひとつ変えずに受け入れた。だが、腹のなかは煮えくりかえっていた。この老カルタン人は非常に鋭敏で、カルタン人を脅かしているカタストロフィの甚大さをどこまでも正しく理解している。

「あなたの種族に状況を説明すべきです」ニッキがいった。「それも早急に。時間はほとんどのこされていません。高位女性とエスパーだけの秘密にしておくわけにはいかないでしょう。全員に周知しないと」

シュ・ハン＝ヘイはＰＩＧのチーフをじっと見つめた。

「会議を招集して、あなたからの情報を伝えることにします」ようやくそういって、スー・エル＝キョンに向きなおる。「あなたがこの家にいることはキョン家に知らせておきます。教育を修了できるよう、手配してくれるでしょう」

「カルタンで？」スー・エルは驚いてたずねた。

「それはないでしょうね。キョン家は自前の学校を持っているから、そこに行くことになると思いますよ」

「学校になんて行きたくないわ！」と、スー・エル。「カルタンだろうと、ほかの惑星だろうと。《ソロン》にもどりたい！」

グッキーはシュ・ハン＝ヘイの堪忍《かんにん》袋の緒《お》が切れかかっていることに気づいた。これまで存在していたカルタン人の社会秩序の崩壊を告げる知らせを驚くべき冷静さで乗りきったものの、その受容力は限界に達していた。まったくべつの家系に属するこの宇宙の孤児といいあらそうのは、完全に彼女の限度を超えている。

「スー・エルとは、しばらくいっしょにいると約束してるんだ」ネズミ＝ビーバーは事態をおさめようと、急いで口をはさんだ。「ぼくのゲストってことだね」

シュ・ハン＝ヘイは安堵の息をついた。ラオ＝シンへの関心はすっかり影をひそめている。もっと重大なことが起きているのだ。スー・エルにこれ以上関わらなくてすむと知って、見るからにうれしそうだった。

「カルタン人というのは妙な種族ね」連絡艇にもどる道すがら、ニッキがいった……トランスレーターのスイッチは切ってある。「いわゆる高位女性っていうのも、全知者と同じくらい傲慢だわ。あのシュ・ハン＝ヘイは多少とも感情らしいものを見せたけど！」

「スー・エルに対して？」グッキーが驚いてたずねる。

「それもあるわ」と、ニッキ。「なにか読みとれた？」

「たいしたことはわかんなかった。《ナルガ・サント》のポジションは知らないね。全知者は沈黙してる。高位女性が手遅れになるまで〝声〟の指示を待ちつづけるんじゃないかって心配だよ。自分たちで決断するのに慣れてないんだ。とにかく《ナルガ・サント》を探さなくちゃ」

「むずかしいと思ってるみたいね。なにが不安なの？」

「全知者のなにが不安かって訊いたほうがいいな。高位女性がいくら待ってもむだなんじゃないかと思って」

「どうして？」

「つまり……パラ露がなくちゃ、全知者もたいしたことができないだろ」

ニッキは驚いてネズミ＝ビーバーを見つめた。

「もちろん、それで説明がつくわ。かれらはなにかがおかしいことに気づいて、それで姿を消した。オーグ・アト・タルカンの話を聞いたのね。それで実際なにが起きているのかを突きとめた。それはつまり、自分たちや愛する種族がどうなるかを認識したってこと。もう二度と、いままでどおりの役割ははたせない。かれらにとっては痛手だったでしょうね」

「高位女性に正体を明かすって手はあるさ」と、グッキー。「いままで助言にしたがってきたんだから、これからもそうするだろ」

「秘密にしてきた正体を明かすなんて、できっこないわ」ニッキが首を横に振る。「きっとべつの方法を探すはず」

「だったら、ぼくに考えがある」グッキーがつぶやいた。

PIGのチーフは辛抱強く待っている。

「高位女性は〝声〟の助言がほしいわけだろ」と、グッキーが考えながら説明。

「〝声〟はテレパシーでとどく。ぼくはテレパスだ」

「でも、あなたは〝アルドゥスタアルの声〟じゃない！」

「だから？　高位女性がそんなことを知る必要はないさ」

＊

《ソロン》は惑星カルタンの周回軌道上に待機していた。グッキーが高位女性たちの考えを盗み聞きして〝アルドゥスタアルの声〟に関する情報を集めるあいだも、ト・ジン・カルタンをはじめとするカルタン人都市の様相はますます慌ただしくなっていった。効果がないと判明したり、倉庫から消えていたり、目の前で消滅したりするパラ露の量も増えている。外部からの働きかけがないかぎりカルタン人がこの状況に対処できないことも、徐々に明らかになってきた。

　ほかにもはっきりしてきたことがある。パラ露が変質したことで、多くのエスパーがプシ能力を失っただけでなく、精神的・肉体的な健康を害していたのだ。かれらはパラ露の変異に反応し、人工的に供給されたプシ・エネルギーの欠乏により、麻薬の禁断症状のようなものを起こしていた。パラ露と長期間接していたり、集中的にパラ露を使った作業をしていたりしたエスパーほど、この反応ははげしかった。

《ソロン》にもプシ定数の低下に悩む者がいた。テフローダーの女性、ポエル・アルカウンだ。彼女も生来ごく弱いプシ能力を有していて、それをパラ露で強化していたから。

　ポエルはパラ露の使用に消極的だったが、力を失う恐怖に押しつぶされそうになっていた。ものしずかで内向的な性格なのだ。

「そう落ちこまないで」と、ニッキが声をかけた。「あなたはまだ必要とされてるわ。《ナルガ・サント》はかならず見つけ出す。そうしたら、ふたりでダオ・リンを救出にいきましょう。いまから楽しみだわ」

「どうして救出が必要なの？」ポエルが陰鬱な顔でいう。

「当然でしょう？　いままでたっぷりパラ露を使ってきた経験豊富なエスパーが正気を失うなら、ヴォイカにはその二倍三倍の影響があってもおかしくない」

「全員が影響を受けるとはかぎらないはず」と、ポエルが指摘する。

「全知者は確実に影響を受けてるわ。そうでなければ、いまごろこの災禍をなんとかしようと動いてたはず。全知者がおかしくなったら、ダオ・リンはまちがいなく困ったことになる。まだ正式に全知者になったわけじゃないから」

「だったら、オーグ・アト・タルカンにも危険が迫っているはず！」

「そのとおり。だから暗い顔をしてすわりこんでないで、《ナルガ・サント》がどこに消えたのか、頭を絞って考えなさいってこと！」

　ポエルは憮然としてニッキを見つめた。

「ラクノル星雲よ！」そういって立ちあがる。「クトルのロボットのところ。プシ能力が使えなくなったら、あのマシンのことを思い出すはず。その力を借りて権力を維持するために」

　ニッキは頭を一撃された気分だった。

「ずっとわかってたわけ？」と、あきれたようにいう。

ポエルはかぶりを振った。

「いま思いついたの。それに、当然、まちがっているかもしれない」

「まちがってないと思う」と、ニッキ。「《ナルガ・サント》がどこにも見あたらない説明にもなる。全知者にとって、またとないかくれ場だわ！」

「でも、追跡するのは容易じゃない！」ポエルが指摘した。

「すぐにわかるわ」と、ニッキ。

彼女はポエルを見て、じっと考えこんだ。

「ネズミ＝ビーバーのところに行きましょう」しばらくして、そう提案する。「ずっと待ってるわけにはいかないってことを理解させて、あなたが〝アルドゥスタアルの声〟について知ってることをぜんぶかれに伝えて。きっと役にたつはず」

「〝アルドゥスタアルの声〟？」

「そう、それよ！　あなたはヴォイカのことをよく知ってる」

「グッキーもかれらに会ったはずだけど」

「それはまったくべつなの」ニッキは辛抱強く、グッキーの計画をポエルに説明した。

「うまくいかないでしょう」ポエルが暗い声でいう。「見破られるに決まってる」

「見破れないわ……あなたがグッキーに手を貸せば。この計画はだれにも話してはだめよ！　不用意なひとことで、高位女性に舞台裏を知られてしまうかもしれない。そうなれば苦労が水の泡になる」

　ポエルは無言でうなずいた。

　それまでにもイルトは〝アルドゥスタアルの声〟についてかなりの知識を得ていた。高位女性たちはしょっちゅうそのことを考えていて、そのときは当然、前に〝声〟を聞いたときのことを思い出すから。

　同様に、高位女性自身のこともいろいろとわかった。

　シュ・ハン＝ヘイだけでなく、ほかにも二名がパラ露の変化の影響を受けていた。三名ともそのことは他言していない。ヌジャラの涙が効果を失って、カルタン人世界は強制的に前進させられた。このまま行けば、エスパーはカルタン人世界からすっかりいなくなるだろう。

「なにを話すつもりですか？」ポエルがグッキーにたずねた。

「変化が必要だってことをさ。シュ・ハン＝ヘイにはニッキとぼくからもう話したし、ほかの高位女性もほぼ一言一句そのままの話を彼女から聞いたはずだけど、明らかにそれだけじゃ不充分だ。〝声〟から聞かないかぎり、警告には耳をかたむけないのさ」

「のこりの真実も話すべきです」と、ポエル。「かれらがタルカン宇宙からやってきて、ハンガイ銀河が真の故郷だということも……なにもかも」

「それだと大量のメッセージになるね」

ポエルはかぶりを振った。

「それではだめです。ヴォイカは饒舌《じょうぜつ》ではありません。高位女性は〝アルドゥスタアルの声〟がいうことはひとことのこらず信じますから、簡潔でいいんです。全知者がいうようなメッセージを作成するなら、手を貸します」

「カルタン人のことをとても気にかけてるんだね」グッキーがいう。

「はい」ポエルは短くそう答え、作業にとりかかった。

しばらくして、イルトはまずシュ・ハン＝ヘイに簡潔なテレパシー・メッセージを送った。彼女は七名の高位女性のなかでもっとも頭が切れ、警戒心も強い。状況をもっともよく把握しているのも彼女だろう。シュ・ハン＝ヘイを騙《だま》すことができれば、ほかの者たちもトリックに引っかかるはず。

それは成功した。

シュ・ハン＝ヘイはメッセージを受けとり、〝アルドゥスタアルの声〟をよそおった言葉のすべてを信じた。

グッキーは次の標的を決め、やがて高位女性全員に情報が行きわたった。かれらは大急ぎでたがいに連絡をとり合い、〝声〟がすすめる緊急対策を話し合った。

「ぼくにできんのはここまでだね」グッキーが疲れきったようすでいった。「彼女たちは最善をつくすって〝声〟に約束した。種族がこれ以上のカタストロフィに見舞われるのを防ぐため、全力をあげるって。あとはカルタン人にまかせるしかない。ほんものの〝アルドゥスタアルの声〟がいきなり聞こえてきて、ぼくがいったのと正反対のことを高位女性にいったりしないといいんだけど」

だが、〝アルドゥスタアルの声〟は沈黙したままだった。

6

オーグ・アト・タルカンはついにスコ＝タ＝ミングとコンタクトできる可能性を見出した。だが、残念ながら、かれが影響をあたえることはできなかった。

スコ＝タ＝ミングとコンタクトしてわかったのは、ヴォイカがスタート直後にクトルのロボットに命じて全システムを作動させ、全知者の指示にしたがうよう告げていたことだった。

やがて《ナルガ・サント》はラクノル星雲に到着し、ロボット惑星の周回軌道に乗った。クトルのロボットは何度か通信してきて、ヴォイカにさらなる指示をもとめたが、全知者は応答しなかった。

ダオ・リン＝ヘイはとくに苦労することなく、スコ＝タ＝ミングにロボットへのメッセージを転送させることができた。一定期間内に追加の指示がない場合、マシンはふたたび作動を停止してしまう。

「すぐにスイッチを切って、以後はヴォイカの命令にしたがうなと指示すればよかったのに」オーグ・アト・タルカンが不満そうにいった。

「残念ながら、それは不可能だ」と、ダオ・リンは説明した。

そのあとはまたナックのスイッチボードをいじって、スコ＝タ＝ミングに優先命令を出せる場所を探す以外にすることがなくなった。

ヴォイカがいまなにをしているのかはわからない。すくなくとも、ロボットを使ってダオ・リンとオーグ・アト・タルカンを殺そうと、さらに試みてはいないようだ。クトルのロボットも放置しているし、スコ＝タ＝ミングにも命令はとどいていない。

スコ＝タ＝ミングのほうも、この件についてなにもいわなかった。

そのとき突然、ナナ・ベア＝ヴォイカの声がスピーカーから響いた。

「スコ＝タ＝ミング！　次の座標に向かえ！」

一連の数字がそれにつづく。

オーグ・アト・タルカンがダオ・リンに問うような視線を向けたが、彼女はとほうに暮れるばかりだった。

「わたしにもわからない。スコ＝タ＝ミングにたずねてみないと」と、小声で答える。

スコ＝タ＝ミングがその機先を制した。

「このポジションには到達できません」

「なぜ？」と、ナナ・ベア。

「恒星クトルの中心だからです」

「それはわかってる。われわれヴォイカが選んだ目的ポジションだから。命令にしたがえ……なにをぐずぐずしている？」

「恒星クトルの中心には到達できません」スコ＝タ＝ミングが辛抱強くくりかえす。

ダオ・リンはとまどってオーグ・アト・タルカンを見た。

「どういうこと？　スコ＝タ＝ミングは当然、命令の意味がわかっているはず！」

「ヴォイカが望んでいることはとっくにわかっている」オーグ・アト・タルカンが肯定する。「それをそのまま受け入れるなら、なんともおろかだ」

「スコ＝タ＝ミングが命令を拒否するってこと？」

「最初は実行を先延ばししようとするだろう。スコ＝タ＝ミングはたんなる人工脳だが、自己保存の欲求はある。一方で、あれほど明確な命令を正面から拒否することもできない」

「だったらナナ・ベアは、恒星の中心じゃなくて、できるかぎり接近しろって命令に変更するでしょうね」

だが、ナナ・ベアはしばらくなにもいわなかった。かわりに妙な音が聞こえてくる。それが破壊音だと気づくのに、ダオ・リンは一瞬の間を要した。

驚いて飛びあがる。

「ナナ・ベアがおかしくなった！　装置類を破壊してるらしい」

「かれら全員、おかしくなっていた」オーグ・アト・タルカンが淡々と指摘する。「いまにはじまったことではない。ようやくわれわれにも影響してきただけだ。あんなことをしても、スコ＝タ＝ミングをしたがわせることなどできないというのに」

騒音に混じって悪態も聞こえてきた。ほかのヴォイカも破壊にくわわったらしい。

全知者たちがこの瞬間、どれだけの損害をあたえているかと考えると、ダオ・リンは肉体的な苦痛さえ感じそうだった。強いて自分に、スコ＝タ＝ミングがどれほど広大なのかを思い出させる。ヴォイカにも破壊しつくすことなどできない……できるのか？

「手をこまねいていることしかできないのか？」

「そうだ」オーグ・アト・タルカンが冷静に答える。

やがてとうとう騒音がしずまった。

「教えた座標に向かいなさい！」ナナ・ベアがいい、ほかのヴォイカも叫ぶように同じ命令をくりかえす。ダオ・リンは耳を押さえた。

「できません！」ようやく声がしずまると、スコ＝タ＝ミングがいった。

「わたしたちに……」ナナ・ベアの声が高まる。スコ＝タ＝ミングがそれを途中でさえぎった。

「あなたたちに、それ以上の破壊を許すことはできません。あなたたちのためにもなりませんから。命令は理解しています。《ナルガ・サント》を丸ごと破壊しようということでしょう。自己破壊命令を出すことはだれでもできるわけではありません。条件を満たす必要があります」

「どんな条件？」

「命令は全員一致でなくてはなりません」

「全員で命令しているわ！」ナナ・ベアが叫び、ほかの者たちもふたたび混乱してわめきはじめた。

「これで条件どおりね？」ナナ・ベアがたずねる。

「いいえ」

「なにが不満なの？」

「全知者は十八名です」と、スコ＝タ＝ミング。「つねに十八名でした。ですが、そこには十七名のヴォイカしかいません」

「ダオ・リン＝ヴォイカは死んだわ！」

「それは事実ではありません。たとえ事実だとしても……」

スコ＝タ＝ミングの声がとぎれた。話しつづけているようだが、もう声は聞こえてこない。

ヴォイカたちが狂ったように叫んでいる。なにをいっているのかわからないが、知る必要もないだろう。

「これは困ったな」と、オーグ・アト・タルカン。「われわれが《ナルガ・サント》の船首にいることをヴォイカに知られてしまった。連れ出しにくるだろう。生死を問わず」

「死んだらわれわれを利用できない」と、ダオ・リン。「生きていてもだが。自己破壊には絶対に賛成しないから」

「スコ＝タ＝ミングもそんな命令にしたがうとは思えない。たとえ全員一致の命令でも。ただ、だからといってわれわれが助かるわけではない。ヴォイカが気づいたときには、われわれにとって手遅れだろうから」

かれはスコ＝タ＝ミングと接続するスイッチを入れた。

「聞け！」と、力強い声でいう。「わたしはオーグ・アト・タルカン、《ナルガ・サント》のもと船長だ。わたしの命令にしたがう気はあるか？」

「あなたはもう船長ではありません」スコ＝タ＝ミングが冷静に応じる。

「ヴォイカは正気を失っている」と、オーグ・アト・タルカン。「《ナルガ・サント》を破壊するつもりだ。きみには抵抗する権利がある。そうするつもりはあるか？」

「いいえ」

「なぜだ？」

「ヴォイカは自己破壊命令の理由を話していません。どうして正気を失っていると判断できますか？」

「だったら、理由をたずねてみろ！」

「たずねましたが、答えてくれませんでした」

オーグ・アト・タルカンは悪態をついた。ダオ・リンには意味がわからない。旧カルタン語だ……興奮するといつもそうなる。それでも声にこめられた怒りは彼女にも充分に理解できた。

「どうしてあんなにおろかになったのだろうか？」ダオ・リンが絶望的な気分でたずねる。「あんな頑固なスコ＝タ＝ミングははじめてだ！」

「こういう状況に慣れていないせいだ」オーグ・アト・タルカンがうなるようにいい、鉤爪をむき出した。「現状に適用できる指示をもとめているんだろう。それが見つかるまでは時間稼ぎをつづけるはず。不器用だが、効果的ではある」

「それで、われわれはどうする？」

オーグ・アト・タルカンはしばらく考えこんだ。

「できることはひとつだ。ヴォイカを無力化して、それをスコ＝タ＝ミングに伝える。全知者を徹底的に調べるチャンスがあれば、かれらが病気だと悟って、われわれの命令にしたがうだろう……われわれは正常だと認められればだが」

たがいに顔を見合わせる。ダオ・リンは無意識に鉤爪をむき出していた。

「気分のいいやり方ではないが。ヴォイカは老齢で虚弱だから……」

「ばかな！　かれらがスコ＝タ＝ミングで見せた怒りを忘れたのか？　狂ってしまっているんだ……そんなかれらに配慮を見せたら、われわれも狂っているといっていい。ヴォイカはわれわれを道連れに自殺をくわだて、《ナルガ・サント》もいっしょに破壊しようとしている。とめなくてはならない！」

ダオ・リンもかれが正しいことはわかっていた。それでもなお、ヴォイカと戦うと考えると、強い気おくれを感じた。

かれらのなかにはけっして溶けこめなかった。いまはそのことがはっきりとわかる。たんに自分がまだ若いせいかとも思ったが……そうではなかった。全知者はだれも過去の話をしようとしなかった。全員が家名を捨てているが、ダオ・リンはかれらのもとの家名を知らなかった。

ヴォイカもかれらなりのやり方で、種族にとって最善の道を進もうとしたのだ。

「かならずしも殺す必要はない」と、オーグ・アト・タルカン。「わたしだって、かれらと戦いたくはないんだ。だが、残念ながら、ほかに方法がない」

ダオ・リンは《ナルガ・サント》に着いたときのことを思い返した。ヴォイカから受けた歓迎、なぜ自分がそこに呼ばれたのかを知ったときの興奮と誇らしさ……

そんな思いをわきに押しやる。

かれのいうとおりだ。ヴォイカを殺す必要はない。一時的になにもできなくすればいいのだ。それで《ナルガ・サント》は守られ、全知者を種族のもとに帰すことができる。

そのとき、そのためにはちょっとした障害があることを思い出した。

「武器がない」

「どこかで手に入れないと」と、オーグ・アト・タルカン。

ホールに通じる通廊から跳ねるような転がるような音が聞こえてきた。

両カルタン人は身をかたくした。

「ロボットだ！」ダオ・リンが緊張していう。「でも、どうやってこんなに早く、ここまで送りこめたのか？」

「パイプ軌道だろう」オーグ・アト・タルカンが推測した。

「居場所が知られてるってことになる！」

顔と顔を見合わせる。

かれらは大急ぎでその場から離脱した。

7

《ソロン》はラクノル星雲に到達し、内部に突入した。

「《ナルガ・サント》がいる場所はひとつしか考えられない」ニッキ・フリッケルが考えながらいった。「クトル星系よ。星雲の奥深くになる。黄色い恒星で、惑星は四つ。第二惑星にロボットが居住してる」

《ソロン》は星雲内を航行した。星雲の外縁が明るく輝いている。

「黄色い恒星は見あたりません」と、だれかがいった。

ニッキは記憶を呼び起こした。

「暗黒ゾーン内だったはず」

「あちこちにあります」

「直径が四光年くらいの領域よ」

彼女はゆったりと寛いでいるグッキーに視線を向けた。スー・エル＝キョンもその横にいる。若いカルタン人は緊張しているようだ。ネズミ＝ビーバーが眠そうに瞬きし、首を左右に振った。当然だ……数光年を隔てていては、なかなかうまくいかないだろう。

ニッキは切迫感をおぼえた。通信機で《ナルガ・サント》を呼びつづけているが、応答はない。推測がまちがっていて、巨大船はどこかべつの場所にいるのだろうか。だが、それよりも《ナルガ・サント》内でなにかが起きて、応答できないのではないかという気がした。

とはいえ、全知者たちがパラ露の効果の喪失で困難におちいり、《ソロン》の呼びかけに応じるどころではないのだとしても、ダオ・リン＝ヘイとオーグ・アト・タルカンがとっくに応答してきているはず。

それがないということは、ダオ・リンとオーグ・アト・タルカンも困難な状況にあるということ。ニッキはそれ以外の可能性を考えたくなかった。

ポエル・アルカウンに目を向ける。

テフローダーはすわりこんで、力なく自分の両手を見おろしていた。《ソロン》にも多少のパラ露があり、ポエルはいつも使っていたのだが、なにもしていないのにそれが消えてしまったのだ。プシコゴンの変異はさらに進んでいるようだった。

〈くそ、ダオ・リン、さっさと応答して！〉と、ニッキは思った。

まさか自分があのカルタン人のことをこんなに心配するようになるとは、思ってもいなかった。

＊

ダオ・リンは生涯でこれほど速く走ったことはないと思った。オーグ・アト・タルカンが遅れずについてきたのには驚かされた。いまや全方位からぱたぱた、ごろごろという音が迫って、かれらを追い詰めている。ときおり敵の姿も見えた。こんな状況でなかったら、その姿に大笑いしていたかもしれない。

スコ＝タ＝ミングには通常の意味での戦闘ロボットは存在しない……すくなくとも全知者たちはその種のマシンを投入できなかったようだ。かわりに戦闘のできるあらゆるロボットに、手もとにあったあらゆる武器を持たせて送り出していた。多くがただの棒きれや即席の棍棒、消火器などで〝武装〟している。そのすべてがオーグ・アト・タルカンとダオ・リンを探していた。

すべてのマシンがカルタン人を捜索するようプログラミングできるわけではなく、どうやら全知者は、とにかく動くものを攻撃するよう命令したらしい。ロボットの動きは実際そのとおりだった。一体が樽形容器にぶつかり、それが通廊を転がりだすと、後続のロボットがいっせいに群がって樽を攻撃しはじめたのだ。

全知者はどうやってかかれらの居場所を突きとめ、スコ＝タ＝ミングが船首部分の構造図を提供したようだった。ロボットはオーグ・アト・タルカンとダオ・リンが危険に気づく前にホールを包囲していた。ただ、ナックがそこらじゅうに通廊を追加したことはヴォイカも知らなかったようだ。無数のトンネルが脱出ルートになることに気づくほどの知性をそなえたロボットの数は多くない。

動くものすべてに猛然と襲いかかるロボットの行動は、ヴォイカが態度の変化をしめしていた。

もうかれらを生きたまま捕らえようとはしていないのだ。

ロボットの任務は両カルタン人の抹殺だった。

〈プシ錯乱だ〉と、ダオ・リンは思った。ヴォイカがおかしくなった原因の究明はもう意味がない。パラ露が多すぎてもすくなすぎても……この状態ではなにをしても不思議はなかった。

どっちを向いてもロボットだらけだ。大小さまざまな清掃ロボット、整備ロボット、修理ロボットがいっせいに接近してくる。まにあわせの軍団だが、過小評価するのはまちがいだった。棒きれや棍棒で打ちのめされた樽はもう原形をとどめていない。あれがカルタン人だったら、肉体はほとんどのこっていないだろう。

ナックの区画には多くのトンネルがあったが、それらはすべて居住区の奥に通じている。そこに追い詰められるわけにはいかなかった。そうなったらロボットのなすがままだ。マシンは疲労しないが……両カルタン人はそういかない。

「なんとか主通廊に出ないと」ダオ・リンがいった。目の前には左右と下に向かう通廊が口を開いている。「下に向かえばロボットは追ってこないかもしれない。この階層だけを捜索してる可能性がある」

下行きの通廊は快適とはいいがたかった。ナックはほかの種族が通行することをほとんど考えていないので、階段などつくっていない。徐々に傾斜がゆるくなる滑り台のようなものだ。

かれらは転げ落ちるように滑り降りた。ダオ・リンはナックの子供たちが橇《そり》でこの通廊を滑って遊んだのではないかというおかしな空想を膨《ふく》らませた。

そもそもナックに子供はいるのだろうか？　いるはずだ。そうでなければとっくに死に絶えている。

それとも、ナックは不死なのか？

目の前を閃光がはしり、熱波がたたきつけてきた。どうやらロボットは上の階層だけを捜索していたわけではないらしい。全知者はほんものの武器を持った数すくないロボットをすくなくとも一体、下の階層に送りこんでいた。

両カルタン人は壁のちいさな出っ張りに手をかけ、逃げ道を探した。

滑り台の下で待ち伏せていたロボットはまだ、標的の姿を確実にはとらえていない。

通廊が湾曲しているのだ。だが、それは問題にならなかった。いずれ両カルタン人は熟した果実のように、ロボットの目の前に飛び出してくるはずだから。

オーグ・アト・タルカンが上方を指さす。

ダオ・リンはあきらめのため息をついた。

「無理だ！」と、ささやく。

かれは不満そうに鼻を鳴らし、ポケットから小型装置をとり出すと下に向かって投げた。がちゃんと音がしたあと、ロボットの武器がふたたび閃光をはなつ。その光を受けて、かれが指さした場所、壁の側面に細い隙間が見えた。

わき道だ。ただ、入口に蓋があって、それが閉じている。

「ほかに道はない」と、オーグ・アト・タルカン。

蓋のところまでたどり着くのさえ不可能に思えた。だが、下では死が待ち受けている。それがかれらに力と器用さをあたえた。

ダオ・リンのほうがオーグ・アト・タルカンよりも小柄で軽くてしなやかだ。慎重に

かれのからだを乗りこえてなんとか前進し、片足をかれの肩にかけて安定させる。

指先が蓋と壁のあいだの隙間にかかった。鉤爪をむき出し、蓋を引っ張る。

その音を聞いて、ロボットのほうも待っているだけではだめだと判断したようだった。がりがりと引っ掻くような音がして、マシンが滑り台を登りはじめたのがわかった。

ダオ・リンはさらに熱をこめて蓋を引っ張った。力ずくで引き開けようとすると、鉤爪のつけ根が痛んだ。突然、衝撃とともに蓋が壊れて開いた。ダオ・リンはあぶなく手がかりを失って落下するところだった。

せまい開口部にかろうじてからだを押しこむ。急いで振り返り、手をのばしてオーグ・アト・タルカンを引きあげようとした。かれが開口部の端に手をかけたとき、湾曲部の向こうからロボットがあらわれた。

ぎりぎりだった。閃光とともに熱波が押しよせてきた瞬間、オーグ・アト・タルカンは開口部から奥の小部屋に転がりこんだ。コンビネーションがすこし焦《こ》げたが、それに気づくのはもっとあとだ。

かれらは急ぎ足で、ナックの居住区のせまい通廊を次々と抜けていった。背後ではロボットががちゃがちゃと音を立てている。大きすぎて通廊に入れないのだ。数発発砲してきたが、カルタン人を傷つけるにはいたらない。やがて充分にはなれると、音も聞こえなくなった。

ほかの知性体だったらナックのつくった迷路のなかで道に迷っていただろう。だが、カルタン人はとりわけ方向感覚にすぐれていて、つねに正しい道を選ぶことができた。

ひろい通廊に出る。ダオ・リンは足をとめ、用心深く周囲を見わたした。

「ここにはきたことがあるわ」と、小声でささやく。

　数分後、ダオ・リンが最初に探索ロボットを倒した場所に出た。オーグ・アト・タルカンは防護服の保管されていた小部屋をのぞき、前方を指さした。

　遠くからまたしてもロボットの近づいてくる音が聞こえた。獲物が包囲を抜け出したことに気づき、奇妙な軍団を再編制したらしい。

「ここだ」次の壁の窪みの前で、オーグ・アト・タルカンがしずかにいった。「パイプ軌道が近い。この向こうに駅があるはず。そこまではほんのわずかだ」

「真空中を移動はできない」と、ダオ・リン。

「保守点検用通路がパイプ軌道と平行にはしっている。行くぞ！」かれがハッチを開くと、その先はちいさなキャビンだった。なかは真っ暗だ。

　ダオ・リンが投光器を点灯すると、わずかに埃《ほこり》をかぶった器具のならんだ棚が見えた。器具をいくつか手にとる……緊急時に投げつけるくらいはできるだろう。そのあいだにオーグ・アト・タルカンはハッチを閉じた。いずれはロボットにシュプールを発見されるだろうが、これで多少は時間が稼げる。

　細い通廊の先が保守点検用通路だった。当然、カルタン人が作業できるひろさではなく、這って入るしかなかった。あちこちに出っ張りや障害物があり、せまい通路をさらに通りにくくしているが、やがてようやくパイプ軌道の駅が見えてきた。ちいさな駅で、二十メートルくらいの長さしかない。そこにドアの開いたカプセルが停止していた。

「罠に見えるわね」ダオ・リンがささやく。

「罠だろう」と、オーグ・アト・タルカン。「あれに乗る気はない。わたしは《ナルガ・サント》のことを、あのいわゆる〝全知者〟たちよりもよく知っている」

かれは通路からからだを押し出し、ダオ・リンもそれにならった。かれがカプセルに乗りこんだので驚いたが、すぐにまた外に出てきた。小型カプセルが動きだし、風切り音をのこして見えなくなる。

「カプセルがパイプ内にいるのはわかっても、だれかが乗っているのかどうかはわからない」と、オーグ・アト・タルカン。「わたしが予想するほどかれらが狂っているなら、これで騙せるはず。外のロボットはある程度独立して動いている。混乱したヴォイカには、すべてを一度に制御することができないのだろう」

こんな姑息《こそく》な欺瞞《ぎまん》で稼げる時間はほんのわずかだ、とダオ・リンは自分にいいきかせた。カプセルはすぐに目的地に着いてしまうから。ヴォイカが騙されたことに気づいたら、ロボットをいっそうはげしくさし向けてくるだろう。

それでもひと息つけるのはありがたかった。

パイプ軌道駅の前の通廊にロボットの姿はなかったが、音はすでに聞こえてきていた。すぐにもあらわれるはず。

オーグ・アト・タルカンは通廊を横切り、ハッチを開いた。下に向かうシャフトがあり、壁面に梯子《はしご》がとりつけられている。

ダオ・リンはなにもたずねないことにした。オーグ・アト・タルカンは明らかに、《ナルガ・サント》のこの部分をよく知っているようだ。かれはダオ・リンを先に行かせ、ハッチを閉めてあとにつづいた。

シャフトには終わりがないように思えた。なぜまだ頭上にロボットがあらわれないのかと不思議に感じたが、すべて胸の内にしまっておいた。踊り場のようなところでとまってオーグ・アト・タルカンを待つ。かれは梯子を下るのに難儀しているようだった。

やっと追いついてきたかれは足を引きずっていた。

「負傷したのか？」と、驚いてたずねる。

「たいしたことはない。それより、すぐにスコ＝タ＝ミングに向かうぞ」

ダオ・リンの信じられないという顔を見て、かれは笑いだした。

「本気だ！　全知者の知らない通廊があるのだ！」

どうやらほんとうらしい。かれがハッチを開けると、幅広く天井の高い、まっすぐにのびる通廊があらわれた。ロボットの姿はなく、かれらが立てる音も聞こえない。

すぐさま前進し、しばらくするとオーグ・アト・タルカンが頭上を指さした。

「ここはスコ＝タ＝ミングの真下だ。上に向かう道もあって……わたしのキャビンのすぐ近くに出る」
たしかにそのとおりだった。

＊

スコ＝タ＝ミングはなにも変わっていなかった。すべてダオ・リンが見慣れていたとおりだ。だが、そんなよく知っている場所が、奇妙に変化しているように思えた。スコ＝タ＝ミングになにか不吉なものが宿っているように感じる。目には見えず、耳にも聞こえず、ただ感じるだけのものが。

オーグ・アト・タルカンもそれに気づいたようで、めずらしくおちつきなく全方位を警戒している。

いつもよりやや暗いようにも感じたが、ほとんどそれとわからない程度だ。照明は通常どおり点灯している。とてもしずかだった。ふだんならたいていどこかでロボットが音を立てているのだが、全知者はロボットを一体のこらず逃亡者の探索に投入したらしい。

両カルタン人は音もなく通廊を進んでいった。オーグ・アト・タルカンのキャビンのハッチの前まできたが、いまだにロボットもヴォイカも姿を見せない。

ハッチが開いた。キャビンにはだれもいない。全知者が待ち伏せているということもなかった。

　オーグ・アト・タルカンが脚のけがを治療しているあいだに、ダオ・リンは隣接するキャビンをのぞいてみた。おかしな点は見あたらない。

「スコ＝タ＝ミングにもどるようなばかなまねはしないと考えているのだろう」と、オーグ・アト・タルカン。「たぶんパイプ軌道のカプセルに乗りこんだと思って、ロボットがわれわれの死体を持ち帰るのを待っているのだ」

　ダオ・リンは無言だった。不安を感じている。

　キャビンを出て、オーグ・アト・タルカンの監視室を調べた。ようやくまた映像を見て、スコ＝タ＝ミングの話が正しいことを自分の目でたしかめると、ほっとした。

《ナルガ・サント》はラクノル星雲のなか、クトル星系にいた。見える星の数はわずかだが、そんな星々は刺すようにまばゆく輝き、ぼやけたヴェールをまとっている。一画面には惑星クトルがうつっていて、不自然なまでに規則的なかたちの大陸が確認できた。

　オーグ・アト・タルカンが機器を操作していると、いきなり声が響いた。

「こちら《ソロン》。《ナルガ・サント》、応答せよ！」

「ギャラクティカーだ！」ダオ・リンが驚いて声をあげた。「まちがいなくニッキ・フリッケルだな！　彼女なら気がつくと予想しておくべきだった。われわれを探していて、《ナルガ・サント》がいつものポジションにいないので、ラクノル星雲を探そうと思いついたんだろう。信号を送らないと！」

オーグ・アト・タルカンは不審そうに機器を見ている。

「ここからは無理だ。だが、司令室のどれかに入った場合、スコ＝タ＝ミングがどう反応するかわからない。ヴォイカがすでに警告を発している可能性さえある」

「危険でもやるしかない。ギャラクティカーならヴォイカに対抗するのを助けてくれるはず。武器や麻痺銃を持ってるから、かれらの協力が得られれば、こんな騒ぎはすぐに終わらせられる」

「わかった、やってみよう」

いちばん近い制御センターは目と鼻の先だった。全知者がカルタン人に呼びかけ、未知の敵と戦うよう呼びかけていたホールだ。

ヴォイカはこのホールをかなりの日数にわたって使用していたらしい。清掃ロボットをほかの目的に転用してからもずいぶんたつようで、ホール内は散らかっていた。すみには毛布や衣類が山をなし、大きな丸テーブルの上にはパラ露が入っていた小箱が積みあげられている。

オーグ・アト・タルカンはべつの場所を使いたがった。このホールに入るのを明らかにいやがっている。だが、ダオ・リンはほかの制御センターと同じだと自分にいいきかせた。探す時間が長引けば、ギャラクティカーの介入がそれだけ遅くなる。

彼女は急いで丸テーブルに近づいた。

「スコ＝タ＝ミング！」と、大声で呼びかける。「わたしはダオ・リン＝ヴォイカ。《ソロン》からの通信に応答しろ」スコ＝タ＝ミングが平然と返答した。

「応答内容を指定してください！」

「〈こちら《ナルガ・サント》。ダオ・リン＝ヘイが助けをもとめます〉として、最後に座標をつけくわえて」

「送信します！」

ダオ・リンはほっと息をついた。これで遠からずギャラクティカーが介入してくるはず。それまで耐えればいいだけだ。さほどむずかしいこととは思えない。

「送信中止！」甲高《かんだか》い、年齢を感じさせる声がした。

ダオ・リンは振り返った。

ホールのすみに散らばっている毛布や衣服に注意をはらわなかったのがいけなかった。そのひとつでダラ・バン＝ヴォイカが休んでいたのだ。

ダラ・バンはひどい状態だった。衣服はほとんど脱げていて、腕も脚も包帯だらけだ。いいようがないほど痩《や》せ細り、ほとんどの毛が抜け落ちたがりがりのからだは、起きあがろうとする努力で震えていた。ただ、目だけは熱病のようにぎらぎらしている。

「ダオ・リンはもうヴォイカではない！　したがうな！」彼女は叫んだ。

「送信を中止します」と、スコ＝タ＝ミング。

だが、すでに送信は終わっている。ダラ・バンにはなにもできない。ギャラクティカーは迅速で巧妙だ。《ナルガ・サント》がどこにいるか、もうわかったはず。

ダオ・リンはそう願った。

うまく立ちあがれずに何度も倒れているダラ・バンに、思わず同情さえおぼえる。ヴォイカが痛みに悲鳴をあげ、ダオ・リンが駆けよろうとしたとき、オーグ・アト・タルカンがいきなり警告を発した。

「かれらがくる！」

ダオ・リンは振り返り、ホールの出口に向かって走った。オーグ・アト・タルカンが通廊を左右からふさいだ全知者たちと対峙《たいじ》していた。

「急にあらわれたのだ！　気がついたときは遅かった」

ヴォイカたちは亡霊のようだった。衣服はぼろぼろで、ダオ・リンと最後に会ったときからなにも食べていないかのように痩せ細っている。ただ、目だけはぎらぎらと燃えていた。

「やっときたわね！」ナナ・ベア＝ヴォイカがいった。ダオ・リンはつねづね、彼女が全知者のなかでもっとも賢明で冷静だと思っていた。「待っていたわ。こっちはあなたやそこのオーグ・アト・タルカンよりも目端《めはし》が利くの。わたしたちの鼻面《はなづら》を引きずりまわせると思ったんでしょうけど、あなたたちがここにくることはわかっていたわ」

「殺すのよ！」ダラ・バンが絶叫した。「通信で、カルタン人の敵を呼びよせたわ。殺すべきよ！」

ダオ・リンはコンビネーションのポケットに入れていた小箱を開いた。指で最後のふた粒のパラ露をつまむ。

「左に！」と、すぐ横にいるオーグ・アト・タルカンにだけ聞こえるようにささやく。

「いまよ！」

パラ露が効果を発揮した。全知者が武器を手にして、撃とうとしているのがわかる。

彼女は意識を集中した。

通廊の左側にいた全知者たちが突然悲鳴をあげ、武器をほうりだして転げまわった。

ダオ・リンとオーグ・アト・タルカンが走りだす。ヴォイカの上を跳びこえて疾走し、不意を突かれたヴォイカがわれに返るころには、両名はすでにスコ＝タ＝ミングの奥に姿を消していた。

8

通信はごく短時間しか聞こえなかったが、《ナルガ・サント》の位置を特定するには充分だった。

ニッキ・フリッケルは部下を急《せ》かした。彼女とポエル・アルカウンはダオ・リン＝ヘイをほかのギャラクティカーよりもよく知っている。誇り高いカルタン人で、理由もなく助けをもとめるようなタイプではない。

ダオ・リンがあんなメッセージを送ってくるからには、《ナルガ・サント》内は大騒ぎになっているにちがいなかった。

《ナルガ・サント》はなんなく発見できた。巨大船は惑星クトルの周回軌道上にある。《ソロン》は棒段階ノクターンの近くに接舷した。古代船の不規則な外殻に船体を固定し、少数の武装した宙航士を送り出す。

ニッキとポエルが先導して《ナルガ・サント》内部に向かう……正確にいうと、その場所で外殻のすぐ下に位置するスコ＝タ＝ミングに。

内部に入ったニッキのヘルメット・テレカムから、同行するネズミ＝ビーバーの声が聞こえた。

「先に行くよ！」

「わたしも行く！」スー・エル＝キョンが叫び、ニッキがなにか質問する前に、両名は姿を消していた。

　グッキーとスー・エルが出現したのは薄暗い通廊だった。若いカルタン人は《ソロン》で武器を調達していた。命の恩人を守るのは自分の義務だといって。彼女は片手で武器をかまえ、通廊を突進してくる影を見て発砲した。

　だが、スー・エルはエスパー学校で学んだだけで、戦士の訓練は受けていない。武器はあつかい慣れていないのだ。

　はずれたビームが天井を焦がす。火花が飛び散り、スー・エルを恐怖させたミイラじみたカルタン人が怒りの声をあげた。

　突然、だれかの手がスー・エルの武器をつかんだ。

「よこせ！」

　同時に異形《いぎょう》の一カルタン人が発砲し、スー・エルは悲鳴をあげて横ざまに倒れ、床にぶつかった。

　朦朧《もうろう》としながら、グッキーとべつの異形のカルタン人が姿を消すのを眺める。そのあとようやく、彼女から武器を奪った相手の姿に気づいた。

やはりカルタン人だが、スー・エルとちがい、テラ製の武器を使い慣れているようだ。

彼女はすばやく連射して、通廊が煙につつまれ、大きな叫び声が遠ざかっていく。

「その子供を先に！」見知らぬカルタン人が叫び、武器をおろした。グッキーの姿が見えた。倒れた彼女のようすを見ている。

「かすり傷だ」と、ネズミ＝ビーバー。「全知者はもう逃げちゃったよ、ダオ・リン」かれは立ちあがり、一本牙《きば》をむき出した。「どうやらまにあったみたいで、よかった」

「こちらこそ、よかった」と、ダオ・リン。「でも、ぐずぐずしてる時間はない。ヴォイカをなんとかしないと。《ナルガ・サント》を恒星に突っこませるつもりだ」

「その考えは捨てたほうがいいと思うね」グッキーがいった。

ダオ・リンが驚いた顔になる。

「そうか！　あなたもエスパーなのか。でも、その子供だけでも安全な場所に連れていったほうがいい。かすり傷だとしても……治療しないと」

「子供じゃない！」スー・エルが抗議した。「なんだってできるわ」

「その点はだれも疑ってないさ」グッキーはそういい、ちらりとダオ・リンを見た。

「これで貸し借りなしだな」

「どうして？」スー・エルが驚いてたずねる。

「さっき、あなたはわたしの命を救った。気がつかなかったとはいわせない」と、ダオ・リン。

「わたしは的をはずしたけど」

「ああ、でも、それでわたしを狙っていた全知者の気が散って、彼女も的をはずした」

「そうなの？」

スー・エルは全知者が逃げていったほうを見つめた。

「とにかく、いっしょに行動するわ」

「ダオ・リンもいっしょでいいってこと？」と、グッキー。

スー・エルは初対面のカルタン人を見つめた。

「どうかしら？　わたしの武器を奪ったんだけど」

「それで命を救われただろ」グッキーが真剣にいいかえす。「もちろん、自分自身の命もだけどさ」

ダオ・リンはじっとネズミ＝ビーバーを見つめた。

「そういうこと」と、スー・エルに向かっていう。「でも、その話はあとで。オーグ・アト・タルカン、ニッキ・フリッケル、ポエル・アルカウンがわれわれのことを心配している。あまり待たせないほうがいい」

グッキーはスー・エルとダオ・リンを連れてテレポーテーションした。

ニッキと同行者たちは全知者が以前、めずらしい客を迎えるのに使っていたキャビンにいた。オーグ・アト・タルカンの姿もある。グッキーが連れてきて、すぐにまたテレポーテーションで姿を消したのだ。

＊

かれらはオーグ・アト・タルカンから《ナルガ・サント》で起きたことを聞かされた。

「パラ露が効力を失ったのね」話が終わると、ニッキがいった。「長年にわたって大量のパラ露を使ってきた年配のエスパーも、同じ反応をしめしてるわ……全知者ほどひどくはないけど。すくなくとも、そうであってもらいたいもの。さもないと、カルタン人は大問題をかかえることになるから」

「パラ露はほんとうに効力を失ったのか？」と、オーグ・アト・タルカン。

ニッキはうなずいた。

「変化は急速に進んでる。もうカルタン人のエスパーはほとんどのこってないはず」

「きみたちの宇宙船はパラ露を積んでいるか？」

「ええ」ニッキが意外そうに答える。「どうして？」

「ダオ・リンにすこし分けてやってもらいたい」

「役にはたちませんよ」ポエルが口をはさんだ。「さっきためしてみたところ、効力はありませんでした」

「それでも……彼女に数粒分けてやってくれ！」

「どうしてもというなら、そうしましょう」

　そこにグッキーとダオ・リンとスー・エルが入ってきて、全知者たちは逃げていったと報告した。

「どうやらあなたたちがまにあうとは思っていなかったようね」ダオ・リンがいった。「そのあと、自分たちは力を失ったのに、グッキーが超能力を使っていることに気づいたんでしょう。それでショックを受けたのね。しかもあなたたちは武装していた。全知者はもう攻撃してこないと思う」

「全員確実に捕まえるわ」と、ニッキ。「まだ助けられるかもしれないし。だめだったら……のこる生涯を不必要に苦しんですごさなくてもいい方法を探すわ」

　ダオ・リンは無言だった。オーグ・アト・タルカンはそんな彼女を横目で見て、やはりなにもいわない。どちらも全知者がそんな解決を受け入れないとわかっていたが、そのことをギャラクティカーに指摘する必要はないと考えたようだった。

「いずれにせよ、《ナルガ・サント》を恒星に突入させたり、それ以外の方法で破壊したりするチャンスはもうないはず」ニッキがいった。「それとも、あるのかしら？」

「ない」と、オーグ・アト・タルカン。「すでにスコ＝タ＝ミングに話してある。あれに自殺願望はないし、なによりこの数時間でヴォイカがやったことを見れば、二度とかれらの命令にはしたがわないだろう。ロボットはもう持ち場にもどりはじめていて、第一陣が必要な修理も開始している」

「カルタン人は《ナルガ・サント》をどうするつもりなの？」と、ニッキがたずねた。

「惑星カルタンに持っていきたい」ダオ・リンが答える。「ただ、いまは時期尚早《しょうそう》だと考えなおしたわ。このままラクノル星雲に置いておく。クトルのロボットはわたしをヴォイカと認めているから、命令にしたがうはず。これらのマシンが、わが種族の移行期における手助けになるのを期待している。エスパーにかわる戦力になるだろうから」

「きっと必要になるわ」と、ニッキ。「あなたたちの銀河を異人が徘徊してる。ハウリ人といって、とても危険な連中よ」

「ハウリ人だと？」オーグ・アト・タルカンが驚きの声をあげた。

「知ってるの？」

「もちろんだ！　〝最後の六日間〟の信徒で、ヘクサメロンの預言者……とにかくそう自称している。昔はよくヘクサメロンは偉大な力だと吹聴《ふいちょう》していたが、それはまったくの迷信だった。狂信者であり、その意味で危険がないわけではないものの、かれらがとりわけ危険だとは思えない」

「あなたがタルカンをはなれたあと、かれらは大きく変貌したようね」ニッキが皮肉っぽくいう。「《ソロン》にはこれまでのかれらの行動の記録があるから、この機会に情報を更新しておくといい」

「ぜひそうしよう」と、ダオ・リン。

「カルタン人に〝アルドゥスタアルの声〟のことを説明してくれる？」と、ニッキがたずねた。

「〝声〟だけじゃなく、真実をすべて伝える……いままでかくされてきたこともぜんぶ。高位女性たちだけでなく、全カルタン人に種族の歴史を詳細に教えていく」ややためらったあと、ダオ・リンは話しつづけた。「きっともうすぐ高位女性は存在しなくなる……すくなくとも、昔ながらのかたちでは。エスパーの時代は終わったということ。ヌジャラの涙の力がなくなれば、われわれが非エスパーを支配する根拠もなくなる」

「ハンガイ銀河からやってくるカルタン人と話し合う必要があるわね」

「その問題もあるが、ここでもクトルのロボットや、いうまでもなくオーグ・アト・タルカンが、大いに役だってくれると思う。ただ、種族内では社会的変化が起きるはず……エスパーが存在しなくなるせいだけじゃなく、ハンガイ銀河とのコンタクトによっても。文化を存続させるのはむずかしくなるだろう。それでも多少の善意と多大な努力で、なんとか存続させるつもりだが」

　ダオ・リンはオーグ・アト・タルカンに奇妙な視線を向け、しずかにこういった。

「残酷に聞こえるかもしれないが、これでよかったんだと思う。全知者がわれわれを支配しているかぎり、嘘と中途半端《はんぱ》な真実に対抗するのはほとんど不可能だった。全知者は想像以上に強い権力を握っていたから。かれらがいなくなって、やっと胸襟《きょうきん》を開いて話せるようになったのだ」

＊

二日後、《ソロン》は《ナルガ・サント》からスタートし、ラクノル星雲をはなれ、ＰＩＧの基地とコンタクトした。全知者がどこへ逃げこんだのかは、あれ以来よくわからなかった。ダオ・リンとオーグ・アト・タルカンはヴォイカがなにをしているのか予想はついているようだったが、それを明らかにはせず、ギャラクティカーもそれで納得していた。

ポエルはオーグ・アト・タルカンにいわれたとおり、少量のパラ露をダオ・リンに託した。彼女は礼を述べたが、それ以外はなにもいわなかった。当面はオーグ・アト・タルカンとスー・エルとともに《ナルガ・サント》にのこり、その後はロボット船でカルタンにもどることになる。

スー・エルはグッキーとの別れをひどく悲しんだ。まだネズミ＝ビーバーに執着しているものの、ダオ・リンと長いこと真剣に話しこみ、カルタン人のもとに行くほうがいいと納得したようだ。

ニッキは三名に、《ソロン》に移乗してカルタンに向かってはどうかと提案した。ダオ・リンはこれに対し、まだやることがあると答えただけだった。なにか気になっていることがあるらしい。ニッキはたぶんヴォイカのことだろうと思ったが、ダオ・リンを詰問してもしかたがないことはわかっていた。

ＰＩＧとのコンタクトは急いでいない。すぐにダオ・リンからもなにかいってくるような気がした。

それだけの義理があったし、なによりダオ・リン自身、重要な質問に答えが得られないのをニッキがひどくいやがることは承知しているはずだから。

＊

ダオ・リンは自分のキャビンにもどってドアを施錠した。じゃまされずに考えをまとめたかったのだ。

彼女にはもちろん、ヴォイカが逃げこんだ先の見当がついていた。搭載艇格納庫だ。かれらでは、搭載艇のスタート準備をするのも楽ではないはず。よろこんで手を貸したいくらいだが、それが不可能なのはわかっていた。ヴォイカが受け入れるはずがない。《ナルガ・サント》が命令をすなおにきいていたら、船内の全生命体を道連れにしたはギャラクティカーを説得してスタートさせるのさえ、かんたんではなかった。ずの者たちなのだ。

基本的には、ギャラクティカーが船内にいようがいまいが関係ない。ヴォイカにとってはどうでもいいことだ。ただ、ダオ・リンが思うに、ヴォイカにはじゃまをされない権利があるはずだった。

かれらはつねにその点をもっとも重視していたから。

ヴォイカをカルタン人に引きわたし、平和な晩年をすごさせるというギャラクティカーの考えは、まちがいなく人類特有の発想だった。ヴォイカがこの人道的な処遇を評価しないことは、ダオ・リンにはよくわかっていた。さいわい、ギャラクティカーはこのやり方をごり押ししようとはしなかった。

搭載艇は数分前にスタートした。その時点で《ソロン》はすでに遠くはなれていて、ギャラクティカーには探知できなかっただろう。それでもダオ・リンは、ニッキがもうしばらくラクノル星雲の近くにとどまるのではないかと思っていた。あのテラナーはいつも事態がよくわかっているから。

ヌジャラの涙が入った小箱を開ける。ポエルが効果はないといってわたしてくれたものだ。彼女はオーグ・アト・タルカンの名前を口にしなかったが、かれの差し金だということはわかっていた。

《ナルガ・サント》にあったパラ露はとっくに効力を失っている。そのことはダオ・リンも知っていたし、ポエルも確認していた。だが、〝涙〟をひと粒手にとると、すぐに以前と同じように、全知者とコンタクトすることができた。

パラ露の効果ではない。ダオ・リン自身がエスパーだったのだ。

彼女は知らなかったし、プシ定数の低下がなければ気づくこともなかったはず。

搭載艇の飛行を追跡していた彼女はヴォイカの死を感知した。長い旅の終着点に到達して、かれらは幸せだったろう。

スコ＝タ＝ミングを通じて、《ソロン》に全知者の死を報告する。そのあと彼女はあらたに得た活力を感じながら、生きている者たちの問題に立ち向かった。

＊

《ナルガ・サント》からの報告の直後、《ソロン》にべつの連絡が入った。

アトランとアンソン・アーガイリスが指揮する銀河系の小艦隊が、予定どおり、スリンガル星系のハウリ人基地を急襲した。

その後ハウリ人が、はじめてカルタン人入植地を攻撃したとのことだった。

あとがきにかえて

嶋田洋一

新年二日めから日帰りでスキーに行ってきた。最後にスキーをしたのがいつだったか、もはや記憶もはっきりしないくらいなのだが、まだ二十世紀のことだったと思う。三十年以上前ではないだろうか。

今回も夏のＳＵＰ（スタンドアップ・パドルボード）のときと同じく、地元の英会話サークルのツアーに乗っかったもの。ほんとに旅行サークルと化してるなあ。

行き先はハンターマウンテン塩原という、関東ではかなりよく知られているというスキー場。今年が三十五周年だそうで、わたしが最後にスキーに行ったころにはもう開業していたのかもしれないが、聞いたことがなかった。ずっとスキーとは無縁だったせいだろう。

当日は朝五時半に最寄り駅の隣りの駅前集合ということで、どうやってたどり着こうかと考えることになった。

その時間だと電車はもう動いているが、バスの便がない。最寄り駅までは徒歩四十分くらい。車で行けば駅前に二十四時間オープンの駐車場がある。

ただ、日帰りなので、駅まで車で行くとビールが飲めない（ここ大事）。

というわけで、スキーウェアを詰め込んだバッグを持って、駅まで四十分かけて歩くことにした。四時に起きて、四時半には家を出る。外はまだまっ暗だ。

無事に集合場所に到着し、主催者所有のバスに乗り込む。東北自動車道をひた走り、途中でタイヤにチェーンを装着し、現地に着いたらすっかり雪景色だった。こんな景色を見ること自体が本当に久しぶりだ。

ネットで予約していたブーツとスキー板を借りて驚いたのは、板の形状の変わりよう。前の部分が丸くふくらんで、長さもずいぶん短い。これが隔世の感というやつか。ただ、ブーツの機構やビンディングはわたしが知っているのと同じだったので、少し安心した。

そういえばこの「ビンディング」という用語、ドイツ語の「ビンドゥング」と英語の「バインディング」がごっちゃになっていて、昔から違和感があったのを思い出した。

とりあえず初心者コースのリフトに乗って、転ばないように慎重に滑ってみる。しばらくすると膝が痛くなってきて、年齢を思い知らされた。

初心者コースで三本滑ったら、それだけでもうくたくたに。無理はしないことにして、あとは屋台のケバブ丼で昼食にして、屋外のテーブルでビールを飲んでいた。ときおり雪がちらつく中で飲むビールも悪くない。

そのうちに同行者たちもぼちぼち上がってきて、帰りは冷えた身体を温泉で温めようということになり、那須の千本松温泉に立ち寄る。ゆっくり露天風呂に浸かったあと、ここでもビール。あとは帰るだけなので気楽なものだ。

夜八時半には出発地の駅前に到着し、ツアーは終わりを告げた。

あまりにも久しぶりのスキーだったし、まあこんなもんだろうという気分にもなったが、やはり少々不完全燃焼ぎみなのも確か。主催者が一月後半にあと二回のツアーを計画していたので、そちらにも参加を申し込んだ。

ところが翌週、老人ホームに入居している父が誤嚥性《ごえんせい》肺炎を起こし、その日のうちに亡くなるという事態になってしまった。

結局ツアー参加はキャンセルし、葬儀のあと年金や保険の手続き、このあと納骨に相続と、スキーどころではなくなって、今も修羅場が継続中……

2000年代海外ＳＦ傑作選

橋本輝幸編

独特の青を追求する謎めく芸術家へのインタビューを描き映像化もされたレナルズ「ジーマ・ブルー」、東西冷戦をＳＦパロディ化したストロス「コールダー・ウォー」、炭鉱業界の革命の末起こったできごとを活写する劉慈欣《リウ・ツーシン》「地火《じか》」など二〇〇〇年代に発表されたＳＦ短篇九作品を精選したオリジナル・アンソロジー

ハヤカワ文庫

2010年代海外SF傑作選

橋本輝幸編

〈不在〉の生物を論じたミエヴィルのホラ話「〃〃《ザ・》」、ケン・リュウによる歴史×スチームパンク「良い狩りを」、仮想空間のAI生物育成を通して未来を描くチャンのヒューゴー賞受賞中篇「ソフトウェア・オブジェクトのライフサイクル」など二〇一〇年代に発表された十一篇を精選したオリジナル・アンソロジー

訳者略歴　1956年生，1979年静岡大学人文学部卒，英米文学翻訳家　訳書『ヴィーロ宙航士の帰郷』ヴルチェク&フェルトホフ，『滅びゆく宇宙タルカン』ヴルチェク&マール（以上早川書房刊），『巨星』ワッツ他多数

HM=Hayakawa Mystery
SF=Science Fiction
JA=Japanese Author
NV=Novel
NF=Nonfiction
FT=Fantasy

宇宙英雄ローダン・シリーズ〈685〉

ストレンジネス狂詩曲《きょうしきょく》

〈SF2400〉

二〇二三年三月二十日　印刷
二〇二三年三月二十五日　発行

（定価はカバーに表示してあります）

著者　K・H・シェール　マリアンネ・シドウ
訳者　嶋《しま》田《だ》洋《よう》一《いち》
発行者　早川浩
発行所　株式会社　早川書房

郵便番号　一〇一 - 〇〇四六
東京都千代田区神田多町二ノ二
電話　〇三 - 三二五二 - 三一一一
振替　〇〇一六〇 - 三 - 四七七九九
https://www.hayakawa-online.co.jp

乱丁・落丁本は小社制作部宛お送り下さい。
送料小社負担にてお取りかえいたします。

印刷・信毎書籍印刷株式会社　製本・株式会社川島製本所
Printed and bound in Japan
ISBN978-4-15-012400-7 C0197